바나나도 씨가 있다

국립중앙도서관 출판예정도서목록(CIP)

바나나도 씨가 있다 : 박하영 에세이 / 지은이: 박하영. ─
서울 : 선우미디어, 2015
    p. ;   cm
표제관련정보: 미국 이민 1.5세대가 풀어놓는 문화충격과 정체성 찾기
그녀만의 유쾌한 수다!
ISBN 978-89-5658-387-7 03810 : ₩12000
한국 현대 수필[韓國現代隨筆]
814.7-KDC6
895.745-DDC23   CIP2015008731

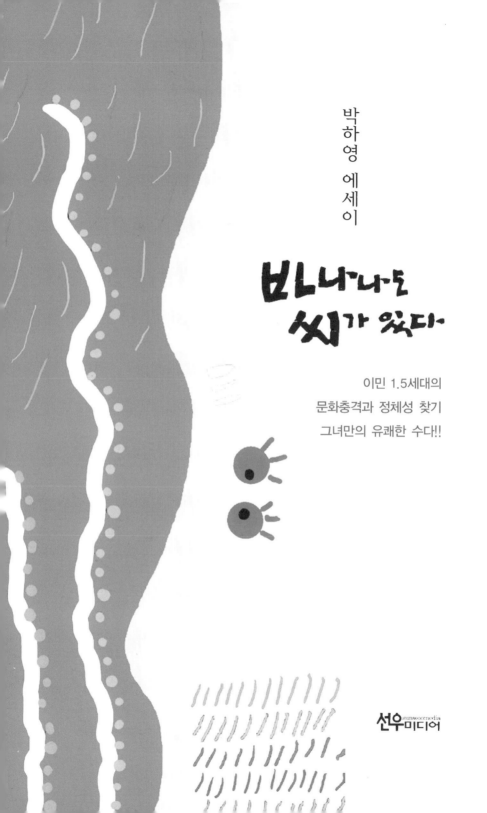

박하영 에세이

바나나도 씨가 있다

이민 1.5세대의
문화충격과 정체성 찾기
그녀만의 유쾌한 수다!!

선우미디어 sunwoomedia

하룻강아지의 변

아직도 꿈을 꾸는 것 같다. 한국어 수필집 출간이 남의 일처럼 여겨지기도 한다. 한국에서 중학교 1학년을 마치자 미국이민을 왔기로 나는 영어부터 익혀야 했다. 정신없이 거기 매달리느라 내 모국어는 외국어처럼 취급되어갔다. 사춘기에 접어들면서 서툰 영어로 대화하는 한국인 어른들보다, 어설프게 한국말을 하는 내 모습이 더 어색했다.

처음 한국계 회사에 입사했을 때 내게 주어진 일은 한국영사관으로 보낼 한글 편지를 타이핑하는 일이었다. 한글타자 경험이 없던 내겐 여간 버거운 일이 아니었다. 종일 걸려 한 장의 편지를 완성하고 회사를 그만 둘 생각을 했을 정도로 힘들었다.

그때까지 영어 보고서 작성이나 e-mail, 편지 등은 많이 해봤지만, 한국어 문학작품 세계는 더더욱 미답지였건만 우연찮게 들춰본 신문에서 수필문학 강좌기사가 내 관심을 끌었다.

여유시간이 좀 있었던 터라 개강 일에 참석했다. 강사 박 선생님께서는 약간 어색해 하는 나를 환한 미소로 친절히 대해 주셨다. 그러나 여러분들이 모인 자리에서 오고가는 대화를 듣다보니 생소했다. 내 평소에 쓰지도 듣지도 못했던 대화 내용들 즉, 수준을 맞추기가 힘들겠다는 생각이 들었다.

강좌가 끝나고 뒷정리를 하시는 선생님께 "저는 한자를 몰라서 어려운 말을 잘 모르는데요."라고 했더니 선생님께선 수필은 어려운 말보다는 쉬운 말로 쓰는 것이 더 좋다고 하셨다. 그리고 되글로도 말글을 풀어내 쓸 수 있을 거란 말씀에 힘을 얻어 문학 세계에 발을 디밀었다.

2011년에 나는 〈한국수필〉 신인상에 당선, 한국문단의 수필가로 등단했다. 그때 심정은 뭐랄까… 나도 몰랐던 또 다른 나를 발견한 듯 했다. 〈한국수필〉 시상식에 직접 참석하지 않아 눈물이 핑 도는 감격을 맛볼 수는 없었지만 정말 오랫동안 그때의 기쁨을 나름대로 만끽하며 지낼 수 있었다. 수필가로서의 삶은 평범할 수가 없는 것 같다. 시야에 들어오는 사물을 대충 보고 넘어가서는 안 되겠고, 한 귀로 들은 이야기가 다른 귀로 흘러나가기 전에 서둘러 필기도구를 들 수밖에 없기에. 생각을 할 때도 필터링을 거쳐야 하는 비범한 인생극의 주인공이 된 듯도 했다.

수필가로 등단한 그 해가 내겐 행운의 전기였나 보다. 사랑하는 남편을 만나 결혼해서 아이 셋을 둔 엄마가 됐다. 새내기 수필가에다, 온 국민이 설설 움츠린다는 그 기세등등한 한국아줌마 대열에 나도 끼어들었으니 말이다. 지난 3년 동안 시간을 쪼개 습작한 덕분에 한 권의 수필집을 묶어내게 되었다. 수필세계에 대해 제대로 아는 것이 없음에도 무식하면 용감하다는 말을 입증하듯, '수필가가 수필집을 출간하는 것은 당연하다.'라는 나의 하룻강아지 범 무서운 줄 모르는 행동일 수도 있겠다.

지도강사 박 선생님의 제자인 나는 작품 해설을 부탁드리며 51편 원고를 동봉했다. 선생님께선 얼마나 꼼꼼히 내 글을 살피고 분석하셨던지 전체 글 줄기들을 한마디로 압축한 서문 글제 〈몽돌해변의 코러스 그 발성 조율하기〉와 원고 철자법 등 교정부분을 일일이 체크해 주셨다. 죄송하고 감사한 마음 이루다 헤아릴 길 없다.

정말 나는 세상물정을 잘 모르고 살아온 하룻강아지에 불과하다. 그런 삶을 살다보니 어느새 나도 '서당 개 3년'처럼 좀 적응이 돼가고 있은 듯하다. 나는 긴장감을 내려놓지 않으면서도 이따금씩 호랑이 담배피던 시절 얘기도 귀를 열고 들었다. 이참에 호랑이의 코털 끝을 건드려 보면서라도 야성동물들 내면세계를 제대로 들여다보고 싶다. 나를 할퀼지도 모를 그 발톱들을 둥글게 깎아줄게다. 살인미소를 앞세워 나를 한입에 삼키려드는 조폭 호랑이와 마주쳐도 눈싸움 단계에서부터 물러서지 않겠다는 각오다. 그리고 그들이 남겨놓을 모피에다 이름표를 달아주고 사연들을 기록해 놓을 게다.

한없이 부족한 제자를 위해 아낌없는 격려와 지도로 이끌어주신 박봉진 선생님께 다시 한 번 감사의 예를 올립니다. 항상 제게 용기를 주시는 아빠, 지혜로운 삶의 중요성에 대해 일러주시곤 하는 엄마, 나를 위해 늘 기도해주는 언니와 동생들, 작은 아주버니와 형님, 그리고 이 세상 끝날까지 나와 함께 해줄 사랑하는 나의 신랑, 믿음직한 우리 아들 현호와 귀여운 딸 민지, 민희와 이 기쁨을 함께 한다.

2015년 La Crescenta에서

박하영

차 례

1

바나나도 씨가 있다

위대한 탄생 시즌 2

한국 신문 한 지면을 가득 채운 광고가 눈에 띄었다. 한국에서도 이미 꽤 알려진 〈위대한 탄생 시즌 2〉 관련 광고였다. 마침세 아이가 여름방학 중이고 또 나름대로 오랫동안 기억에 남을추억거리를 찾고 있었던 터라 내겐 좋은 소식이 아닐 수 없었다.더구나 10살짜리 큰딸은 허스키한 목소리로 노래를 곧잘 부르는편이어서 교회 어린이찬양팀에서 갈고 닦은 솜씨를 맘껏 발휘하게 해주고 싶었다. 큰딸에게 광고를 보여주며 도전해 보고 싶냐고물었더니 흔쾌히 하고 싶다고 했다.

여러 후보 곡들 중 그나마 템포가 빠르지 않은 '자두'의 〈대화가필요해〉라는 노래로 정했다. 큰딸에게 스테레오를 통해 들려주니좋다고 해서 얼른 가사를 적어 주었다. 헤드폰을 끼고 열심히 노래연습을 하는 딸의 뒷모습을 지켜보다가 음정이나 박자, 그리고 발음이 틀릴 때마다 고쳐주는 일도 내 몫이었다. 미국에서 태어난 아이들이다보니 한국어 발음상의 문제가 많았다. '뭐가 못마땅한데?'라는 가사를 '모가 모마당하데?'라고 발음을 하니 말이다. 아무리 잡아줘도 고쳐지지 않는 것을 두고 언어습득의 한계라고 하는 건 아닌지 모르겠다.

오디션 날짜까지 남은 기간이 2주정도 되던 어느 날이었다. 큰딸이 정말 열심히 연습을 하고, 또 옆에서 엄마가 언니한테만 많은 관심을 보이는 모습이 부러웠는지 8살짜리 막내딸도 대회에 참가하겠다고 했다. 워낙 한 가지를 끝까지 하지 않는 아이라서 시간낭비를 하게 될까봐 먼저 끝까지 포기하지 않기로 단단히 약속을 했다. 아이는 순순히 약속을 하였고, 나는 곧바로 막내의 목소리에 어울리는 노래를 찾았다. '소찬휘'의 〈Tears〉. 웬만한 가수도 소화하기 힘든 노래였다. 하지만 막내딸에게 어울리는 노래라고 생각했고, 막내딸도 좋다고 했다. 무슨 뜻인지도 제대로 모르면서 부르기 시작한 노래이다. 나중엔 한 줄씩 짚어가며 뜻을 알려 주었다. 개인적으로 나도 좋아하는 노래와 가수였기 때문에 막내딸 옆에서 목이 쉬어라 함께 불러주며 연습을 시켰다.

오디션을 며칠 앞두고 큰아들의 관심도 온통 오디션에 쏠려 있었다는 것을 알게 되었다. 동생들이 연습하는 노래를 같이 부르기도 하고 방해도 하고 그러다가 결국은 자기도 해보고 싶다고 했다. 나는 부랴부랴 아들의 신청서까지 준비해서 관계자에게 이메일로 보낸 후에 아들을 위한 노래를 '이승기'의 〈누난 내 여자니까〉로 정해 주었다. 아들은 두 여동생들에 비해 목소리가 오히려 더 가늘었다. 부끄럼을 타는 성격이라 그런지 이승기의 노래를 소심하게 불러댔지만 참가하는데 의미를 두기로 한 이상 아들에게 용기만을 주기로 했다.

아이들 3명의 연습하는 스타일도 제각각이다. 큰딸은 가사를 보며 한 줄 한 줄 외워가면서 연습을 하고, 막내딸은 가사보다는 CD를 계속 들으며 외우는 것이었다. 반면에 아들은 인터넷을 통해 유트브에서 이승기의 노래를 직접 들으며 연습을 했다. 방법은 제각기 달라도 가사를 완벽히 외우는 능력에 박수를 아낄 수가 없었다.

오디션 당일 아침에 호텔 앞에는 대략 오백여 명 정도가 몰려든 것 같다. 외국인들도 많았고, 한국 사람이지만 한국말을 못하는 아이들도 부지기수였다. 순서가 가까워질수록 우리 아이들은 긴장을 하기 시작했다. 나와 남편은 등수에 상관없이 최선을 다하면 된다고 안심을 시켜 주었지만 솔직히 엄마인 나도 긴장되기는 마찬가지였다.

마침내 관계자들에 의해 시험장으로 불려 들어갔던 아들과 두 딸들은 각자의 임무를 잘 마치고 돌아왔다. 심사위원이 아들에게 노래를 좀 더 크게 부르면 좋겠다는 지적을 했다는 것 이외엔 별다른 이야기가 없었다.

태어나서 처음 배운 한국노래가 하나씩 생겼다는 것은 좋은 일이다. 어딜 가든지 장기자랑 시간에 부를 수 있으니까 말이다. 막내딸은 노래에 맞춰 안무까지 곁들이니 너무 귀엽다고 주위에서 칭찬이 끊이질 않는다.

〈위대한 탄생〉을 통해서 우리 아이들에겐 새로운 숙제가 생겼다. 한국 사람으로서 한국어를 제대로 알아야 한다는 것. 그 중요성을 깨달은 것이다. 물론 옆에서 동기부여를 한 엄마와 아빠가 없었다면 가능하지 않았을 수도 있지만 말이다.

〈위대한 탄생〉은 가수를 탄생시키는 목적으로 만들어진 방송이었겠지만, 내겐 영어권 아이들에게 한국문화와 한국어에 한 발짝 더 다가서게 만들어준 고마운 방송이다.

우리 아이들의 한국인으로서의 위대한 탄생을 위하여.

딸의 졸업식

며칠 전에 큰딸의 초등학교 졸업식이 있었다. 졸업식은 저녁 6시부터 9시까지 진행된다고 했다. 우리 가게는 7시에 닫기 때문에 일단은 내가 아이들을 데리고 먼저 가기로 했다. 남편은 가게에서 없으면 절대로 안 되는 사람이라서 이런 특별한 날은 내가 동분서주해야 한다.

학교 내 졸업식 장소가 협소한 관계로 가족초대는 2명으로 제한되었기에 아들은 가게에 데려다 놓고 딸 둘만 데리고 갔다. 학교 주차장이 턱없이 부족했지만 일찍 서두른 덕에 편리한 위치에 주차할 수 있었다. 일찍 일어나는 새가 벌레를 잡는다고… 100대 1의 주차 경쟁률을 뚫은 것 같은 감격이었다.

큰딸의 졸업 드레스는 정말 이뻤다. 나풀대고 하늘거리는 옷감에 파스텔톤의 연두와 분홍색의 조화가 아주 잘 어울렸다. 드레스에 맞추어 나의 은색 구두를 신겼더니 처음 신어보는 하이힐에 기분이 좋았는지 입을 다물 줄 몰랐다. 넘어질까 봐 다리를 후들거리며 걷는 모습이 미스코리아 대회 참가자를 연상케 했다. 딸 키우는 재미가 쏠쏠함을 실감했다.

딸의 의상에 맞추어 내가 가장 아끼는 컬러풀 드레스를 입었는데 그 많은 학부모들 중에 내 옷이 좀 튀어 보이긴 했다. 20대 중반 때에 시애틀에 위치한 교회에 예배를 드리러 간 적이 있었다. 시애틀의 겨울과 어울리는 엄숙한 장로교회였다. 교회 안에 들어서니 검정 또는 밤색 옷차림의 교인들로 인해 전체가 어두컴컴하고 가라앉은 분위기였다. 거기에 빨간 양장을 입고 간 내가 눈에 띄는 건 당연했다. 쉰들러의 리스트라는 흑백영화에서 나왔던 작은 소녀의 빨간 옷처럼…. 예배가 끝나고 내게 다가와 이구동성으로 했던 질문은, "엘에이에서 오셨죠?" 였다. 옷차림과 성격이 거주하는 지역에 따라 다르다는 것을 그들은 이미 알고 있었던 게다. 3개월 정도를 그 교회에 빨, 주, 노, 초, 파, 남, 보라색의 의상으로 무지개 추억을 그려놓고 캘리포니아로 돌아왔다.

교장선생님의 형식적인 축사를 들으면서 갑자기 한국에서의 나의 6학년 졸업식 날이 생각났다. 겨울이었다. 내 기억과 사진속의 나는 두꺼운 코트를 입고 있었다. 하와이에서 놀러왔던 막내 이모가 선물로 사주신 양털재질의 비싼 코트였다. 형제가 많은 탓에 아빠와 엄마는 우리들 졸업식에 일일이 다 참석하실 수가 없었다. 졸업식이 끝난 후에 4층에 위치한 교실로 다시 올라가서 친구들을 기다리고 있었다. 다들 가족들과 어울려 있는데 혼자 동떨어진 곳에 앉아있던 내 모습을 떠올리면 불쌍한 마음이 든다.

그러나 감사하게도 난 끝까지 불쌍하게 앉아있지 않았다. "언니!" 라고 부르는 나의 두 동생들의 목소리가 들려왔다. 창문 밖으로 내려다보니 검은 가죽잠바를 입은 아빠와 동생 둘이 어서 내려오라고 손짓을 하고 있었다. 난 너무 감격하고 기쁜 나머지 눈물을 뿌리며 4층에서 쏜살같이 달려 내려갔다. 아빠는 내게 줄 꽃다발과 졸업장통을 사오셨고, 사진아저씨를 불러 기념사진을 찍은 뒤 중국집에 가서 자장면과 탕수육을 사주셨다. 그때만 생각하면 아직도 내 가슴속 어딘가를 울컥하게 만든다. 기대하지 않았던 아빠의 졸업식 참석에 대한 진한 감동 덕일 게다.

졸업식이 진행되는 가운데 남편에게 문자를 보냈다. 졸업식이 거의 끝나기는 했지만 꽃은 꼭 사오라고. 잠시 후 남편이 아들과 함께 졸업식장 안으로 들어섰다. 남편 손에는 예쁜 꽃다발이 들려있었다. 일하다가 더러워진 청바지와 너무 대조적으로 보였다. "바지라도 좀 갈아입고 오지….."라는 내게 그럴 시간이 어딨었냐고 하는 남편에게 미안했다. 나와 딸들만 치장하고 오느라 남편이 갈아입을 옷을 깜빡 잊었던 게다.

　큰딸도 아빠의 행색이 그리 달갑지만은 않은 눈치였지만 내가 시킨 대로 무조건 아빠를 포옹하며 꽃 사주셔서 감사하다고 인사를 했다. 부모의 초라한 옷차림을 창피하게 여기는 딸로 키우지 않으려는 의도였다. 아이들의 인성교육은 13세 이전에 해둬야 평생을 간다고 한다. 가족을 위해 열심히 일하는 부모님께 이유 여하를 막론하고 무조건 존경해야 한다고 가르칠 생각이다.

　졸업식이 끝나고 가족사진을 찍은 뒤 허기진 배를 달래러 곧바로 외식을 하러갔다. 그날따라 왠지 모르게 우리 아빠와 남편의 얼굴이 겹쳐 보였다. 우리 아빠는 자장면을 맛있게 먹는 나를 바라보시며 어떤 생각을 하셨을까. 남편처럼 흐뭇한 미소로 나를 바라보셨을까….

　큰딸이 아빠의 옷차림보다는 사랑스런 미소와 꽃만 기억했으면 좋겠다는 생각이 문득 들었다. 중학교 졸업식 때에는 상장이라도 하나 손에 쥐고 사진을 찍었으면 하는 바람과 함께….

내 나이에게

　어색하게만 들리던 아줌마라는 호칭도 어느덧 친근해진 것 같다. 이게 다 우리 가게에 오는 맹랑한 고등학교 여학생 때문이다. 키는 난쟁이같이 작은 것이 집에서 부리는 가정부를 부르는 부잣집 사모님 목소리로 나를 아줌마라고 부르면 불쾌하기 짝이 없었다. "아줌마~ 2불짜리 감자튀김 주시구요, 양은 많이 주세요!" 소리 없는 내 목소리가 대꾸한다, '내가 왜 그래야 하는데?'

　처음 듣는 아줌마라는 말에 "아줌마? 나한테 아줌마라고 하는 사람은 네가 처음이다~."라고 했었지만 그 여학생은 재밌다는 듯 웃을 뿐이었다. 아줌마를 아줌마라고 부르는데 뭐가 문제냐는 듯. 하긴… 나도 아줌마를 아저씨라고 부른 적은 없었으니까.

　남편을 만나 결혼을 하기 직전까지는 늘 직장과 학교를 오가며 나름대로 바쁘게 사느라 또래 아줌마들과 수다를 떨 기회가 많지 않았다. 어쩌다 만나게 되어도 그들은 남편과 아이들, 그리고 시댁식구 숫자대로 이야깃거리가 차고 넘쳤다. 그에 비해 나는 일과 학업에 관련된 얘기뿐이니 내가 할 일은 경청과 더불어 맞장구를 적절하게 쳐주는 것뿐이었다. 우리 여자들은 듣고 싶은 것만 듣고, 하고 싶은 얘기만 하려는 경향이 짙은 것 같다. 몇 시간 동안 수다를 떨어도 지칠 줄 모른다.

　20대, 30대, 40대, 혹은 50대에 꼭 해야 할 일들이 수두룩하게 적힌 책들을 서점에서 훑어 읽어 본 적이 있다. 내 삶에 적용시키기까지는 많은 실습이 필요한 일들일 뿐이다. 무엇을 기준으로 삼아 그런 책들을 써서 세상에 내놓았는지도 알 수 없는 일이다. 아니, 그런 책들을 쓴 저자들은 그 많은 일들을 다 실행에 옮겨 보았을까도 의문이다. 모든 운전자들이 지켜야 하는 일반 교통법규보다도 삶에 미치는 영향력은 없어 보인다. 한국에서 그 유명했던 행복전도사가 자살로 생을 마감하지 않았더라면 아마도 이런 책들에 대한 관심이 남아있었을 게다.

　불혹의 나이가 되기 전까지는 나이는 그저 숫자에 불과한 것이라고 스스로에게 위로가 가능했었다. 하지만 머릿속 생각과 가슴 속 정열을 따라주지 못하는 저질체력을 어떻게 설명할 것인가. 신세대들이 사용하는 신조어를 꾸역꾸역 따라 한다고 구세대가

신세대로 바뀌는 것도 아닌데 말이다. 노래방을 내 집 안방처럼 드나들었던 나였건만, 요즘 세대의 랩이 섞인 가요 하나 제대로 외우고 있는 것이 없다. 하긴 40대 아줌마가 10대 가수들 노래를 부르며 방방 뛰는 것도 우스꽝스런 일이긴 하겠다. 신세대는커녕 쉰세대로 불리기 전에 구세대에 머무는 동안 내게 어울리는 옷을 잘 갖춰 입어야겠다.

젊어서는 나이가 따라오지 못할 만큼 걸음걸이가 빨랐건만 이제는 나이가 나를 앞질러 가고 있는 듯하다. 그뿐이랴. 수많은 방법을 통해 이래라 저래라 끊임없는 잔소리 같은 조언들까지 난무하고 있다. 나이를 먹을 준비도 안 돼 있고 마음을 비울 준비는 더더구나 안 돼 있는 바쁜 현실 속에 하루하루 살아가는 내가 가엾지도 않은가보다. 피하거나 도망할 새도 없이 마지막 달의 달력이 넘겨지는 순간 어서 오라 날 반기는 나이. 먹어줘야 할지 들어줘야 할지를 모르겠다.

내 나이 또래의 다른 사람들은 어떻게 살아가고 있을까. 나와 비슷한 고민을 해본 적이 있는 사람들이 있기는 한 것일까. 가끔 그들을 대하다 보면 나와 별반 달라 보이는 것도 없는 것 같은데… 물론 겉으로 드러나는 것으로 판단하기엔 데이터가 부족하다는 것쯤은 알고 있다. 최대한 많이 보고, 듣고, 읽고, 겪어보며 머릿속으로 분석해 보는 수밖에는 달리 터득할 방법이 없을 듯하다.

나이보다 훨씬 어려 보인다는 칭찬을 들으면 좋아하는 사람들 중의 나도 하나이다. 철부지 어린 학생들이나 외국인들은 아예 내 나이에서 스무 살 정도를 젊게 봐주는 경우도 종종 있다. 농담인 줄 알면서도 고맙다며 좋아하는 내 모습이 약간 측은하게 느껴질 때도 있다. 그나마 위로가 되는 건 나이는, 모든 사람들에게 공평하게 숫자를 하나씩 더해 준다는 것이다. 가족과 친구들이 다 늙어 가는데 유독 나 혼자만 나이먹지 않고 인간방부제라 불린들 무슨 소용이랴.

삶이 주는 교과서가 따로 없으니 내 나이에게 간곡히 부탁하고 싶다. 혼자서만 쑥쑥 먹고 크지 말고 내 인격도 함께 upgrade 시켜 달라고. 그리고 할 수만 있다면 쉬엄쉬엄 가달라고….

그림의 떡

우리 부부의 결혼날짜와 두 아이의 남미 선교 출항일이 겹쳤다. 조촐한 결혼예식이 끝나자 큰딸아이가 갑자기 선교를 안 가겠다며 울고불고 난리가 났었다. 결혼식 날짜가 가까워지면서 신경이 예민해져 내 몸엔 두드러기가 난 상태였다. 빨리 집으로 가 쉬고 싶은 마음이 굴뚝같았는데 예기치 못했던 돌발상황에 어쩔 줄 몰라 무조건 딸아이를 끌어안고 달래기 시작했다.

폭포수 같은 눈물을 콸콸 흘리며 우는 아홉 살짜리 딸아이를 보니 마음이 안 좋았다. "아빠랑 엄마도 허니문 안 가고 집에서 기다릴 테니까 오빠랑 잘 다녀와."라고 타이르니 아이가 눈물을 그쳤다. 허무하지만 그렇게 우리의 신혼여행은 당황된 순간을 모면하려던 나의 말 한마디에 무산이 되어버렸다. 주위에선 그냥 어디라도 다녀오라고들 했지만 아이와의 약속을 깨고 싶진 않았다.

아이들 셋과 함께 시작된 나의 신혼생활이 평탄할 리가 없었다. 뇌 속에 어린이 관련 정보가 거의 없는 내게는 엄마라는 위치가 힘겹고 버거웠다. 어린이들이 없는 장소만 골라 다녔던 나의 과거 생활이 후회스러울 정도였다. 몇몇 친구들에게 물어보면 "요즘 애들 다 그래, 그게 정상이야."라며 위로를 했지만 모든 것을 처음 겪는 내겐 정상적으로 보이지 않았던 게 문제였다. 오랫동안 닭장 밖에 방치된 천방지축 병아리들 같았다고 해야 할까….

처음엔 '어떻게 되겠지….'라며 반신반의하던 나도 날이 갈수록 점점 지쳐갔다. 세 마리의 병아리를 잡으러 동분서주하는 것보다는 닭장 문을 열어두고 때가 되면 들어오게끔 만드는 것이 엄마라는 진리가 깨우쳐지면서 나의 마라톤 경주는 끝이 났다. 나는 겨우 세 명 가지고 이러는데 일곱을 키우신 우리 엄마가 어찌 이리도 위대해 보일 수가 있을까. 엄마를 생각하면 입술이 부르트도록 투덜대고 싶던 마음이 쏙 들어가 버리고 만다.

8월 무더위가 한창이던 어느 토요일에 막냇동생으로부터 저녁 초대를 받았다. 하와이에서 수년 동안 살다가 캘리포니아로 다시 이주해 온 넷째동생이 저녁식사를 준비한다고 했다. 우린 과일 두어 박스를 사들고 내려갔다. 예전엔 다섯 가정이 모이는데 걸리는 시간은 5~10분 정도였다. 이젠 내가 한 시간 이상 떨어진 곳에 살다보니 형제들과도 자주 만나기가 쉽지 않다. 어차피 차로 가는 길인데도 거리상 멀다보니 마음의 부담과 게으름도 한몫하는 것 같다.

오랜만에 친정식구들을 한꺼번에 만나니 두통에 시달린 게 언제였는지 까맣게 잊을 정도로 재밌고 좋았다. 저녁식사를 하고 아파트 단지 내에 있는 놀이터에 아이들을 데리고 가서 놀게 하고 엄마들끼리 그 근처에 서서 수다를 떨었다. 오랜만에 깔깔대며 엄청난 양의 수다를 쏟아냈다. 같은 시각 남자들은 뻘쭘하게 응접실에 모여앉아 별 말없이 스포츠 중계를 봤다고 한다. 와이프 흉을 보자니 후환이 두렵고, 애들 얘길 하자니 제대로 아는 내용이 없고, 일 얘기를 하자니 별 관심 없어 할 것 같고… 아마도 그래서 입 다물고 TV만 뚫어져라 본 것 같다.

식사만 하고 집에 올 생각을 하고 간 건데 넷째동생이 조카들을 데리고 놀아줄 3박4일의 계획을 꼼꼼히 세운 터라 쉽게 발길이 떨어지지 않았다. 옷, 세면도구 등등 다 알아서 할 테니 걱정 말고 맡겨놓고 가라는 바람에 우리 아이들 지출비로 2백 불만 주고 남편과 단둘이서 집으로 돌아왔다. 하루 세 끼 식단 및 어디 가서 무엇을 하며 놀 것인지를 아주 세밀하게 계획해 놓은 터라 아이들도 좋아했다. 이 모든 것이 우리 부부가 신혼여행을 못 간 것을 아는 동생들이 일부러 생각해 만든 계획인 줄을 알기에 속으로 얼마나 고마웠는지 모른다.

동생들의 배려에도 불구하고 아이들이 없는 3박4일은 그림의 떡으로 전락해 버렸다. 남편이 자영업자이다보니 일거리가 생기면 마다않고 해야 하기 때문이었다. 점심 도시락까지 챙겨 남편을 일터에 보내고 아이들도 없는 텅 빈 집에서 나 홀로 고독을 씹으며 보냈다. 남편이 미안해했지만 불경기에 찾아든 일감을 마다할 수 없다는 것을 알기에 애써 괜찮은 표정을 지으며 괜찮다고 해주었다. 결국 신혼여행은커녕 제대로 된 신혼을 즐길 새도 없이 금쪽같은 시간이 지나가 버리고 말았다.

밥상을 차려줘도 못 먹었으니 시간적 운이 별로 없다고 자책하고 싶진 않다. 조카 11명을 3박4일 동안 먹이고 놀아준 동생들에게 오히려 미안한 마음이 든다. 비록 차려준 밥상을 한 술도 뜨지 못한 채 그림의 떡으로 만들었지만 조만간 기회를 봐서 그 떡을 꺼내 먹을 생각이다. 무뎌지는 감각처럼 떡이 딱딱하게 굳어지기 전에 말해야겠다. 3박4일의 신혼여행을 가자고.

About Time

　친구가 보내준 행복 전도사의 40분짜리 동영상 강의를 남편과 함께 보다가 사소한 의견차로 인해 말다툼을 했다. 미처 화해할 틈도 없이 잠들어 버린 남편 옆에서 토막잠을 자야 했다.

　다음날 아침엔 저녁식사로 먹을 홍합 미역국, 차돌박이 김치볶음, 해물 동그랑땡 등을 만들어 놓고 가게로 출근을 했다. 남편과 마주치고 싶지 않아서 일부러 늦게 간 것이다. 기분이 안 좋을 때는 남편의 목소리가 무조건 화내는 소리로 들리기 때문이다. 점심시간에 몰려드는 고등학생들의 먹을거리 해결만 돕고 나서 남은 햄버거 하나를 들고 나와 버렸다. 남편의 따가운 눈총이 등을 파고들었지만 절대 뒤돌아보지 않았다.

　마땅히 갈 데도 없고 해서 스타벅스에서 책을 읽다보니 저녁

7시가 넘어 버렸다. 허겁지겁 집에 도착하니 딸내미들이 뛰어나와 나를 반갑게 맞아줬다. 키운 보람이 들었다. "엄마가 만들어 놓은 거 먹었어?"라고 묻자, 큰딸이 약간 움찔하며 "우리 순두부집에 가서 저녁 먹고 왔는데요…."라고 했다. 갑자기 또 속이 울컥거렸다.

집안에 들어서자마자 이미 인상을 쓰고 앉아있는 남편에게 물었다. "힘들게 저녁 만들어 놓고 나갔는데 왜 안 먹어? 이젠 내가 만든 건 안 먹겠다는 거야?" 정말 이런 식으로 말하긴 싫었는데…. 누워서 침 뱉는 말을 하다니, 바보같이…. 그러나 남편 역시 마음이 쑥대밭이었던지라 내게 언성을 높여 대꾸했다. "내가 뭐가 있는지 어떻게 알아? 애들 데리고 그럼 굶냐?"

화해할 기색이 전혀 없는 말투와 표정에 내 마음이 닫혀버렸다. 결국 나는 "앞으로 나 음식 안 할 테니까 그런 줄 알아!"라고 하며 음식을 모두 싱크대에 쏟아버리고 설거지를 깨끗이 해버렸다. '음식을 버리면 벌 받는다는데….' 설거지를 하면서도 이런 생각이 떠오르는 내가 어처구니없었다.

응접실 소파에 앉아 씩씩거리는 남편의 모습을 뒤로하고 가방을 다시 집어 들었다. "어딜 또 나가는데?" "답답해서 바람 좀 쐬려고!" 남편은 날 잡지 않았다. 아니, 잡더라도 뿌리치고 나가고 싶었다. 저녁을 함께 먹으면 자연스레 화해가 되지 않을까 하

는 생각에 음식을 만들었건만…. 안 먹었다고 화가 난 나와, 밥을
해놓고 미리 알려주지 않았다고 맞불을 지르는 남편. 서로 이겨보
겠다고 팽팽하게 맞서는 것조차 유치하기 짝이 없었지만 마음과
몸이 따로 움직이는 게 신기할 정도였다. 내가 늘 피하고 싶어
하던 알량한 자존심 싸움이라 더 힘들고 괴로웠다.

집 근처 영화관엘 갔다. 도착한 시간에 맞춰 당장 볼 수 있는
영화가 한 편 있었는데 ≪About Time≫이라는 로맨틱 코미디 영
화였다. 두 시간짜리 영화를 보는 동안 얼마나 몰두를 했는지 남
편하고 다퉜다는 사실조차 까맣게 잊고 있었다. 과거로 되돌아가
서 잘못된 것을 고치려는 남자 주인공의 노력으로 좋은 가정을
만들어가는 것을 보았다. 정말 부러웠다. 나도 저런 능력이 있다
면 얼마나 좋을까. 과거로 돌아갈 수만 있다면 남편과 사소한 이
유로 다투지도 않을 것이고, 마음에도 없는 말을 내뱉어 서로에게
상처주지도 않았을 테고, 내가 해놓은 밥을 가족과 함께 맛있게
먹었을 것이며, 늦은 시간에 혼자 청승맞게 영화관에 앉아 있지도
않았을 테니 말이다.

영화를 보고 나오면서 많은 생각이 들었다. 남편은 그래도 나를
엄청 사랑하는 사람인데 조금 말실수를 했다고 해서 정죄할 필요
가 있었을까. 그게 그렇게 죽고 사는 중요한 일이었을까. 내가
좀 더 양보를 했었더라면 어땠을까 하는…. 영화 속 남자 주인공

의 아버지가 그랬듯이, '남편이 내 곁에서 영영 사라진다면 나는 어떻게 살아갈까?' 라고 생각해보니 정말 삭막했다.

집에 와보니 남편은 내가 쏟아 버리고 간 음식물이 들어있던 쓰레기통을 깨끗이 치우고 새 봉지를 끼워두었다. 소파에 앉아서 TV에 집중하는 척 하는 남편에게 "밖에서 잘 거야?"라고 물으니 못 이기는 척, "들어가야지" 하며 어슬렁어슬렁 방으로 들어왔다. 이런 거구나. 남편도 내심 내가 말 걸어주기를 기다리고 있었구나. 그까짓 자존심이 뭐라고…. 먼저 손 내밀기가 그렇게 힘들었을까.

다음날 아침에 가게에 들어서려는데 남편이 반갑게 문을 열어주었다. "엊그제 매상보다 어제 매상이 차이가 많이 나는 것 같던데?"라고 묻는 내게 그제야 엊그제는 어땠고 어제는 어땠고… 열심히 설명을 했다. 나름대로 나와 이런 식으로라도 대화를 하고 싶었던 것을 잘 알고 있다.

세상 모든 일이 마음먹기에 달렸다는 말이 실감났다. 영화 한 편 덕분에 남편의 존재가 귀하다는 것을 다시금 깨달아서일까. 과거로 돌아가는 것은 영화 속에서나 가능한 일이다. 과거로 돌아가야 할 일을 만들지 않고 살 수 있는 지혜를 구해야겠다.

개똥

"I need more lemons!"

요리사로 일한 지 20년이 넘는 멕시칸 주방장 호세가 치킨 데리야끼에 사용할 레몬이 떨어졌다고 하는 말이다. 솔직히 이럴 때면 정말 짜증이 난다. 무엇이든 더 필요할 것 같으면 다 떨어지기 전에 미리미리 알려 달라고 수차례 말을 했는데도 불구하고 이 바쁜 아침시간에 저러니 말이다. 남편도 내 마음을 이해하기에 도대체 이해가 안 간다고 함께 투덜거려준다.

옆에서 이를 지켜보시던 작은아주버니가 "미리미리 얘기할 사람 같았으면 호텔에서 일하지 여기서 20년 넘게 일하겠느냐."라고 하시는데 웃음이 났다. 구구절절 옳은 말씀이기에. 20여 년을 같은 일을 해오면서 버리지도 않고 바뀌지도 않는 나쁜 습관들을 우리가 하루아침에 어찌 고칠 수 있겠나. 앞으로도 이러면서 지내야 한다는 사실이 아득하다.

오후에 집에 오자마자 뒤뜰로 나가 보았다. 무게를 감당하기 어려울 만큼 많은 열매를 맺고 있던 레몬나무가 하필이면 꼭 필요할 시기에 다 시들어 버렸다. 여간 아쉬운 게 아니다. 레몬 값도 장난 아니게 비싸다는 것을 알고 나서부터는 더욱 그렇다. 개똥도 약에 쓰려면 없다더니….

개똥 이야기가 나오니 문득 남편의 전화아이디를 '개똥이'라고 바꿨던 일이 생각난다. 8주 동안 화요일 저녁마다 교회로 성경공부를 하러 다닐 때였다. 길치인 내가 걱정된 남편이 밤길은 위험하니까 교회까지 데려다 주겠다고 했지만 이런저런 이유를 들어 극구 사양했다. 피곤한 남편을 집에서 푹 쉬게 해주려는 나의 사랑 깊은 배려였다.

어이없게도 첫날부터 집으로 오다가 길을 잃고야 말았다. 엘에이 동물원 간판 앞에서 고속도로를 갈아타야 했었는데 잠깐 다른 생각을 하다가 그만 진입로를 지나쳐 버린 것이다. 온몸의 신경을 죄다 곤두세운 채 눈은 평소보다 두 배로 커져서 깜박거림조차 잊고 사방을 두리번거리기 시작했다. 출구조차 보이지 않는 길을 계속 따라 가다보니 그리피스 공원으로 차가 올라가고 있었다. 지금은 웃으며 얘기하지만 그 당시에 차속에서 무슨 생각이 가장 먼저 떠올랐냐고 묻는다면, '내가 지금 여기서 죽는 건가?' 하는 생각이었다. 그만큼 내게는 생사를 넘나드는 절박한 상황이었다.

너무 무섭고 두려워서 차를 잠시 세우고 남편에게 SOS 전화를 걸었다. 등골에 흐르는 식은땀을 닦아 줄 유일한 사람, 그러나 남편은 계속 걸어대는 내 전화를 받지 않았다. 처음엔 애절한 마음으로 시도한 전화였는데 나중엔 화가 났다. 무슨 일이 있으면 곧바로 전화하라고 신신당부했던 사람이 오히려 전화를 받지 않으니 말이다. 희한하게도 화가 나니까 방금까지 나를 억누르던 두려움이 사라지고 왠지 모를 오기가 솟구쳤다. 남편에 대한 원망이 낳은 오기였던 것 같다.

오던 길을 반대로 거슬러 운전하다보니 낯익은 간판들이 눈에 들어오기 시작했다. 집에 무사히 도착해서 시동을 끄고 차문을 여는 순간 긴장이 풀렸는지 다리가 후들거렸다. 집안에 들어서는데 남편이 "잘 다녀왔어?"라며 반갑게 맞아주었다. 그 순간 나는 그만 쌓였던 설움이 폭발을 해서 엉엉 울어버렸다. 남편이 놀라서 "왜 그래? 언놈이 그랬어?"라고 묻기에 나는 울면서도 손가락으로 남편을 가리켰다. 결국 내가 서글피 우는 이유는 위급한 상황에 개똥역할을 해주지 않은 남편이 원망스럽다는 것 아니었겠나. 반신욕을 즐기느라 전화벨 소리를 못 들었던 남편은 그날 밤 길치 아내의 슬픈 마음을 달래느라 진땀좀 뺐을 것 같다.

결혼 후 남편과 작은 언쟁이 잦을 때는 정말 누군가에게 넋두리를 하고 싶은데 마땅한 대화 상대를 찾을 수가 없다. 싱글로 살 땐 주위에 만날 사람들이 많아서 퇴근 후에 늘 그들과 어울려 저녁식사도 하고 재밌는 대화도 나누며 지냈었다. 그런데 오히려 결혼 후 나의 영원한 동반자가 생기고 나서부터는 넋두리 상대가 없어져버렸다. 친정식구들에겐 칼로 물 베듯 없어질 얘기를 하기도 그렇고, 시집 가서 잘 살고 있다고 믿는 지인들에게 연락할 수도 없고, 새로 친구를 사귀기엔 주위에 너무 사람들이 없으니 나로선 답답하기 짝이 없다. 늦게 결혼을 한만큼 책임감 때문일까…. 아무에게나 터놓고 얘기하기가 쉽지 않다.

이럴 때 개똥 친구가 있다면 얼마나 좋을까…. 이런 내 마음을 안다면 착한 남편은 자기 이름을 당장이라도 박 개똥이로 개명하겠다고 할 게 틀림없다. 내 남은 인생은 병 주고 약도 주는 개똥이에게 의지해서 살아야 하는데…. 개똥은 약으로만 쓰이는 게 틀림없기만을 고대해 본다.

목사님의 밥솥

어제 어머니날을 맞이하여 남편은 내게 안개꽃이 들러리선 장미 꽃다발을 안겨주었다. 꽃은 코와 눈을 즐겁게 하는 동시에 사랑하는 마음까지 전해주기에 받을 때마다 감동한다. 늘 그래왔듯이 나는 신선한 장미꽃의 향기를 몇 번 깊게 들이마신 뒤 곧바로 벽에 거꾸로 걸어두었다.

우리 집 응접실엔 말린 흑장미 다발이 많다. 현관문에도, 벽난로 앞에도…. 아쉽게도 내 손에는 꽃을 오랫동안 살릴 수 있는 능력이 없다. 내가 아무리 노력을 해도 금방 시들어버리는 꽃이 아까워서 장미꽃 선물을 받으면 말려서 오래 보관하는 방법을 택했다. 장미 꽃다발과 더불어 나는 내가 평소 원했던 재봉틀도 선물 받았다. 온라인 구매는 내가 직접 했지만 남편에게는 어머니날

선물로 갖고 싶다고 했으니 받은 것과 진배없다. 재봉틀로 제일 먼저 남편의 청바지와 아이들의 바지 길이를 줄여 주었다. 누이 좋고 매부 좋은 선물이 아닐 수 없다.

오늘은 성경공부가 있는 날이다. 멤버들이 모이자마자 남편한테 어제 무슨 선물을 받았는지, 아내한테 어떻게 해줬는지에 대해 긴 대화가 오고갔다. 60대 초반의 권사님이 섭섭함이 가득 묻어난 목소리로 속마음을 조심스레 꺼내 보이셨다. 내심 기대를 하고 기다렸는데 아무런 액션을 취하지 않은 남편이 무척 야속한 듯했다. 권사님을 마주 보고 앉은 장로님은 가족과 함께 외식을 한 것으로 대처를 하셨다고 했다. 결혼생활을 오래 하다보면 생일, 기념일에 대한 개념이 차츰 사라지는가 보다.

멤버들의 한숨 섞인 이야기를 들으며 딴생각을 하는 동안 시간이 꽤 지나가 버렸다. 목사님도 자료를 펼치시며 성경공부를 시작하려는 조짐이 보였다. 그때 "목사님은 사모님한테 뭐 해드리셨어요?"라고 묻는 한 집사님의 질문으로 인해 대화는 다시 원점으로 되돌아가 버렸다. 목사님이 쿠쿠 압력밥솥을 선물했다고 하자 기다렸다는 듯이 여성 멤버들의 농담반 진담반의 야유가 시작되었다. 밥솥은 가족한테 필요한 것인데 왜 하필 어머니날에 밥솥을 선물하는지, 집에 들어 가실 때 립스틱 하나라도 사모님만을 위한 선물을 사드리라는 등…. 마치 보상심리나 대리만족을 하려는 듯

한 여성 멤버들의 일방적인 권고가 쏟아졌다.

솔직히 나는 100% 공감이 갔다. 평소에 우리 남편이 "나가서 외식하자! 맛있는 것 사줄게." "가고 싶은 데 있어? 내가 같이 가줄게." 또는 "보고 싶은 영화 있어? 가서 영화 보여줄 게."라고 내게 말할 때마다 난 고마움보다는 약간의 억울함이 생기곤 했었다. 다같이 가는 것이고, 다같이 관람하는 것이고, 다 같이 먹는 것인데 왜 나를 위해서 하는 것처럼 말을 하느냐 말이다. 그런 식으로 은근슬쩍 내게 뭔가를 해줬다는 크레디트를 쌓으려는 게 맘에 안 들었다. 남편의 입장에서 생각해 보면 별일 아니겠지만, 나 또한 나만의 립스틱이 필요했던 게다.

목소리가 거의 사그라들 즈음 시종일관 미소로 우릴 바라보시던 목사님께서 왜 밥솥을 구입하게 되었는지 차근차근 설명하셨다. 지난 수년 동안 지인으로부터 얻어온 중고 전기밥솥의 보온기능이 고장 나서 막 지어낸 따뜻한 밥이 그리우셨다고 했다. 타주에서 대학을 다니는 아들이 모처럼 집에 와도 따끈한 새 밥을 먹일 수 없었다는 것도 부모로서 마음에 걸리셨던 게다. 목사님의 박봉으로는 몇백 불 하는 그 비싼 압력밥솥 구입을 쉽게 하지 못하셨으리라 짐작이 되는 순간 마음이 찌~잉 해졌다. 밥솥 선물에 대해 입 다물고 있길 잘했다는 생각도 들었다.

13주간의 성경공부를 하면서 여섯 명이 순번을 정하여 저녁식사로 먹거리를 가져오기로 했었다. 교회에서 저녁 7시에 공부가 시작되는데 직장인들에겐 퇴근 후 식사 해결하기가 빠듯한 시간이었기 때문이다. 처음엔 저녁식사 준비를 군말 없이 했었지만, 한 바퀴를 돌아 식사당번을 다시 맡게 되자 말들이 바뀌기 시작했다. 대충 과자 부스러기나 커피 등으로 대처하자는 것이었다.

나는 남편과 아이들 식사를 챙겨야 하기 때문에 어쩔 수 없이 집에서 식사를 하고 간다. 따라서 교회에선 아무것도 먹지 않는다. 먹거리를 신경 쓰지 않으면 나도 오히려 편하다. 두 시간의 공부시간 중 30~40분 정도는 식사를 하며 대화를 하는데 나는 그들을 기다리는 시간이 무료할 때가 종종 있었다.

하지만 목사님의 밥솥 이야기를 들으며 생각이 달라졌다. 집이 멀어서 퇴근도 못하고 하루 종일 교회에 계시다가 우리가 올 때까지 준비하며 기다리신다고 했다. 그런 분한테 저녁식사 한 끼 대접하는 것이 무슨 큰 일이라도 되는 것처럼 여겨서야 되겠는가. 우리에게 무슨 보상을 바라고 하시는 일도 아닌데 먹는 것에 너무 인색해지는 우리의 모습이 부끄럽기만 했다.

성경공부가 끝날 때까지만이라도 목사님의 밥솥 노릇을 기쁘게 감당해야겠다. 강팍한 마음, 이기적인 생각, 메마른 인심도 목사님의 압력밥솥 안에서 따끈따끈하게 쪄내어질 것을 기대해 본다.

희망사항

하고 싶은 게 많았었다. 너무 많았었다. 형제가 많아 배우고 싶은 것이 있어도 말 못하고 자제하며 자라서 그런지 몰라도 배움에 대한 욕심이 친구들에 비해 많았던 것 같다. 불혹의 나이를 훌쩍 넘긴 지금도 배움의 끈을 놓지 않고 있는 것을 보면 아마도 늙어 은퇴한 후 아니, 삶을 놓아야 하는 날까지 이어지지 않을까 싶다. 늘 배우기만 하냐고 묻는다면 아니라고 대답할 것이다. 가르침도 배움의 시작이자 연속이기 때문이다.

유명한 피아니스트까지는 아니더라도 피아노를 잘치고 싶었다. 초등학교 때 아빠가 전자올겐과 흘러간 옛노래 책을 사주시며 연습하라고 하셨다. 학교에서 음악시간에 겨우 배운 실력으로 나는 오른 손가락 만으로 열심히 연습을 해서 아빠를 기쁘게 해드렸다. 아직까지도 나는 피아노가 배우고 싶다. 남편이 배우라고는 하지만 결혼한 지 이제 막 1년이 넘은 지금 어린 아이들 셋을 키우며 피아노 연습을 한다는 것은 많은 것을 내려놓아야 한다는 뜻이다. 반대를 하진 않지만 외조도 하지 않는 남편은 참 현명하게 사는 사람 같다.

디자이너만큼은 아니더라도 나만의 개성 있는 옷을 만들어 입고 싶었다. 상체에 비해 하체가 빈약한 나는 위아래로 같은 싸이즈의 옷을 구입할 수가 없다. 옷 코디는 대체로 잘하는 편이라서 이것저것 잘 맞추어 입고 다니긴 했지만 내가 정말 입고 싶은 스타일은 따로 있었다. 내 체형의 장점을 살리고 단점을 감출 수 있는 옷을 찾기가 쉽지 않다. 옷 만드는 법을 배운 적은 없지만 간단한 투피스 정도는 오랜 시간 걸리지 않고 만들 수 있다. 올여름 방학 동안에는 새로 구입한 재봉틀로 우리 아이들의 옷을 리폼해서 입혀봐야겠다. 디자인의 시작이 될지도 모르겠다. 아이들이 좋아하는 모습을 상상만 해도 즐거워진다.

모델들처럼 화장을 예쁘게 하고 싶었다. 물론 이것도 배워야 할 테지만⋯. 인터넷을 뒤져보니 너무 튀는 화장술 동영상만 가득했다. 내겐 별로 도움이 되지 않는다. 아마도 내게 가장 자연스러운 화장법은 오랫동안 내가 해오던 것이 아닐까. 로얄블루색의 속눈썹, 옅은 보라의 아이섀도우, 피오니색의 립스틱을 즐겨하는 내 스타일을 특별한 날을 위해 과감히 한번 바꿔보련다. 남편이 정말 좋아할 것 같다. 아니, 내가 정말 좋아할 것 같다.

사랑하는 연인들에겐 필수인 뜨개질 선물을 하고 싶었다. 남편은 허름한 티셔츠 세 벌로 데이트 기간의 처음과 마지막을 마무리지었다. 결혼할 때 내가 제일 먼저 했던 일은 쇼핑몰에 가서 남편에게 입힐 옷을 구입하는 것이었다. 색깔별로 잔뜩 사다가 옷장에 즐비하게 걸어 놓았는데 남편이 얼마나 좋아하던지…. 내가 입히고 싶은 옷을 입히는 것은 사랑과 관심이 없으면 할 수 없는 일이다. 키 크고 체격 좋은 남편이 더욱 돋보이도록 날개를 달아주는 역할을 했다는 자부심은 해본 사람이 아니면 모를 게다. 뜨개질 선물은 아마도 이룰 수 없게 될 것 같다. 남편의 생김새가 약간 시골스러워서 털실로 짠 옷을 입으면 별로 귀티가 나지 않을 것 같기 때문이다. 비싸고 좋은 옷만 입힐 생각이다.

글쓰기를 좋아하는 내가 결국 수필가로 등단하게 되었다. 오랜 취미가 가져다 준 생각지도 못했던 행운이다. 수필가로 산다는 것이 정말 꿈만 같고 행복하다. 컴퓨터 자판기를 두드리는 동안은 모니터가 내 마음을 정확히 읽어줄 것이기 때문이다. 여러 번의 퇴고작업을 통해 깎이고 다듬어진 나만의 글이 세상 밖으로 나오게 될 때의 기쁨을 어찌 말로 다할 수 있으랴. 전에 작은 아주버니께서 내게 물으셨다. 나중에 은퇴하고 남편과 아주버니는 농사를 지을 테니까 나는 구경하면서 수필 쓰지 않겠냐고. 나는 흔쾌히 "네, 좋아요~!"라고 대답을 했다.

하고 싶은 것도 많고 먹고 싶은 것도 많았던 나…. 범위를 줄여야 할 것 같다. 더 나이 들어서도 꾸준히 할 수 있는 일로 결정해야겠다. 내가 하고 싶거나 배우고 싶은 것이 아니라 내가 좋아하는 일을 꾸준히 하는 것이다. 그것이 늘 '지금 내가 하고 싶은 일'이 될 것이다.

바나나도 씨가 있다

틴에이저로 막 들어서려던 때 나는 이민을 왔다. 소정교육을 마치고 사회생활을 하는 내겐 1.5세라는 꼬리표가 늘 따라 다닌다. 그 꼬리표 때문에 겪은 에피소드들이 적지 않다. 한국문화 지식에 대한 2프로 부족함이 쉽게 용서와 이해가 되다가도, 미국과 한국 문화권 사이에서 방황하는 세대로 도마 위에 오르내리기도 한다. 때로는 영어권이라고 부러움의 대상이 되는가 하면, 한국 사람이 그런 것도 모르냐는 비아냥거림을 받기도 했다.

누구의 말이었나? 1.5세는 겉은 노랗지만 속은 하얀 바나나라고. 근본은 황인종인데 사고방식은 백인 같다는 말일 게다. 말에도 뼈가 있고 씨 없는 열매는 없다는데 바나나 씨는 본 적이 없으니 어쩌면 좋을까.

사회에 첫발을 내디뎠다. 미국인 회사에 들어가 일을 좀 했는데 어울리기 힘들었다. 그들은 내가 그들에겐 외국어인 한국어를 구사한다는 것은 안중에도 없고 영어만 한다는 것을 당연시했다. 또한 분업구조에 따라 기계처럼 한 가지 일만 되풀이하는 것이 따분했다. 게다가 내 상급자는 별로 융통성이 있어 뵈지 않는 미국인이었다. 알게 모르게 흐리는 인종차별적 기류는 감당하기 어려웠다. 그래 이중 언어와 창의적 능력이 인정될 것 같은 미국 진출 한국회사에 눈을 돌렸다.

전문적인 업무 용어를 잘 몰랐긴 했어도 한국기업 지사에서 운 좋게 합격 통보를 받았다. 그러나 문화차이 때문에 겪은 실소꺼리가 한두 가지 아니다. 지금도 그 당시의 화제가 떠오르면 주위 사람들은 마구 웃음보를 터뜨려 나를 당혹스럽게 한다. 한국 드라마에서 본 그대로 사장님이 곁을 지나칠 때마다 일어서다 나중엔 힘들어서 하소연을 했던 일이 있었다. 더 약올랐던 것은, 사장님은 내가 일어섰다 앉는 것을 전혀 눈치 채지 못했다는 사실이다. 그래서 힘들다고 하소연한 덕분에 나중엔 좀 편할 수 있었다. 한국에서 본사 사장님이 방문했을 때의 일이다. 과장이 나를 1.5세라고 소개하자 그는 내가 한국말을 못하는 줄 알고 다른 직원들하고만 말을 나눴다. 만회할 기회를 노렸다. 사자성어로 한번 놀라게 해줘야지. '어두일미' 그 말이 헛갈려 '거두절미'라고 했다가 웃음바다에 빠지고 말았다.

뿐이겠는가. 어처구니없는 한 해프닝은 아직도 나를 낯 뜨겁게 한다. 회사에서 큰 트럭 1대를 구입했을 때 일이다. 한국에서 부임해온 지 2주밖에 안되었던 과장이 고사를 지내야 한다고 했다. 무사고를 위한 고사를 지내려면 돼지머리가 필요하다 했다. 업소록을 뒤적여 떡집, 방앗간, 식당 등을 골고루 연락해 보았으나 구하지 못했다. 다행히 내 월남친구한테 도움을 받아 어느 월남식당에 주문을 했다. 고사 당일 아침에 돼지머리가 담긴 박스를 찾아와서 과장에게 건네고 멀찍이 물러서려는 순간 과장의 작은 비명이 들렸다. 아뿔싸~! 뻘건 바비큐 소스가 발라진 돼지머리가 속이 다 파인 머릿속을 드러내고 있었다. 월남사람들이 소스를 발라서 돼지머리를 구워먹는 민족인지 알지 못했기에 난 당연히 하얀 피질 돼지머리인 줄 알고 주문을 했었다. 머릿속이 다 파여서 달러지폐를 물릴 입도 없는 뻘건 돼지머리를 차려놓고 고사를 지낼 수밖에 없었다.

미국산 트럭, 뻘건 월남식 돼지머리, 그 앞에서 절을 올리는 한국 사람들, 그리고 바나나 세대. 정말 어울리지 않는 글로벌 시대의 고사가 엄숙하게 펼쳐졌다. 사람들도, 돼지도 억지로 웃음을 참느라 눈을 뜨지 않는 것 같았다. 고사라는 한국풍습의 참 의미도 제대로 몰랐고, 돼지머리면 됐지 색깔이 큰 문제가 되지 않을 거라는 생각에 나는 떳떳이 그 자리에서 시종을 지켜봤다. 그 장면을 외국인들이 보지 않았기 망정이지. 휴- 식은땀이.

이 미국 땅엔 2프로 부족한 바나나들이 많다. 하지만 이들은 콜럼버스가 달걀을 길이로 세웠던 얘기는 알고 있다. 꽉 막힌 사람들 앞에서 길쭉한 달걀 한끝을 야간 망가뜨려 꼿꼿이 세워보였던 일화 말이다. 알고 보면 그게 실용이다 싶지만, 그런 발상은 아무나 할 수 있는 것이 아니다. 또 누군가가 달걀에는 뼈가 없다고 토를 단다면, 강아지가 먹으면 안 되는 암탉과 수탉의 딱딱하고 날카로운 뼈는 어떻게 설명할 건가?

어느 한 쪽으로 치우치지 않고 퓨전화된 두 문화권에서 공약수를 찾아내 실용하는 것이 바나나들의 할 일일 게다. 그래 이 땅에 바나나가 있기에 이민 1세대와 2세대 간 생각의 갭을 어느 정도는 자연스럽게 해소해주고 있지 않은가 싶다. 2프로 부족하기 때문에 더 열심히 노력하는 것도, 한국인으로서의 뿌리정신을 2세, 3세들에게 이어가게 해 주는 것도 바로 씨 있는 바나나들의 할 일이려니. 바나나들이여 손바닥 마주치며 아자아자.

샌 하신토산의 눈사람

　재작년 크리스마스 날을 함께 보낸 동생에게는 10살짜리 아들이 있다. 그 동생 모자가 갑자기 찾아왔기에 우선은 점심부터 먹여야 했다. 근처 중국집에 가서 짬뽕과 요리를 들었다. 식후엔 스타벅스에 들러 음료를 마시며 얘기를 나눴다. 또 영화 한 편을 보고나서는 스테이크 집에서 저녁을 먹고 헤어졌으니 아주 단출한 크리스마스를 함께 보낸 셈이다.

　그런데 그 동생한테서 연락이 왔다. "언니, 우리 아들이 이번에도 또 이모 만나러 가냐고 했어? 그리고 크리스마스 땐 원래 짬뽕을 먹는 거냐고 물었다." 우이띠.… 하필이면 많은 기억들 중에 짬뽕만 기억을 하다니. "언니, 그러지 말고 이번엔 팜스프링 케이블카가 있는 산에 눈 보러 가자. 우리 아들이 눈보고 싶대" 예상하지 못했던 제안이었다.

난 정말 난처했다. 한 달 전 추수감사절 때 이미 다른 친구들과 함께 그곳에 다녀왔기 때문이다. 2시간 이상 운전대를 잡고 번잡한 프리웨이를 빠져나간 것은 약과였다. 샌 하신토산 주차장에 도착 후엔 2분짜리 셔틀버스를 타기 위해 줄을 서서 1시간을 기다려야 했다. 케이블카 티켓을 사기 위해 또다시 기나긴 줄을 1시간 정도, 케이블카 탑승순서를 기다리느라 또 1시간…. 엄청난 인내가 요구되는 거기 가기는 돈을 내고 사서하는 생고생이었다. 최악은 산봉우리까지는 해발 8천 500피트가 넘어 백두산과 맞먹는 높이를 20분 걸려서 올라간 뒤에 거기서 식사를 위해 줄선 시간이 가장 길었다는 것. 내 기억엔 끝없는 기다림 속에 저려오는 다리와 한숨 섞인 불평만 남아있다. 한 달 만에 거기를 또 가야 하다니….

하지만 몸의 고통과 마음의 압박을 감수하고 내가 내린 결정은 "그래 가자."였다. 자칫 잘못하다가는 내가 조카아이한테 크리스마스 날에 짬뽕이나 먹이는 이모로 낙인이 찍힐 것 같은 예감이 들었기 때문이다. 그해 겨울은 유난히 비가 많이 와서 그런지 샌 하신토산 봉우리엔 정말 눈이 많이 쌓여있었다. 등산용 신발을 신고 갔는데 눈이 무릎까지 패일 정도였다. 몸의 균형을 가누지 못해서 눈밭에 여러 번 넘어지기까지 했다.

말수가 많지 않은 조카아이는 눈사람을 만들어 놓고 흰 눈보다 더 맑고 티없는 웃음꽃을 연신 피워냈다. 태초에 창조주는 자기 형상을 닮은 흙사람을 빚어 놓고 생기를 불어넣어 완전한 사람이 되게 했다고 했다. 천진무구한 아이가 누구의 형상을 본 따 눈사람을 만들었겠는가. 제 엄마 형상과 이모의 마음을 눈사람에 불어넣었을 성싶다. 멀리뛰기를 하고, 나뭇가지를 흔들어대 눈꽃 날리기 하는 모습을 카메라에 담고 있었던 나 또한 동심으로 돌아가 있었다. 조카아이는 기운이 다 빠져 지쳤는지 오르막길에선 온몸을 내 오른팔에 맡겨 그의 몸무게가 천근만근 무거웠다. 그랬지만 절대 힘든 내색을 보이지 않았다.

저녁은 분식집에 가서 조카아이와 군만두 먹기 시합까지 했는데, 내가 1개를 덜 먹어주는 것으로 져주었다. 이겼다고 좋아하는 조카아이 얼굴이 너무 귀엽고 사랑스러웠다. 헤어질 때 나의 포옹을 기다렸다는 듯이 꼭 안겼던 꼬맹이 녀석! 사랑이란 나의 시간과 마음을 나누는 것이리라. 나눈 시간의 몇 배로 나도 행복했으니까 말이다.

그해 크리스마스 날은 참 따뜻한 정이 오갔고 사랑이 넘쳐났던 것에 흐뭇하다. 조카아이의 기억속에 앞으로는 짬뽕 이미지 이모이기보다는 샌 하신토산의 눈사람 이미지로 기억되기를 기대하면서.

2

A 형의 돌탑

무늬

81년 6월, 대가족이 미국으로 이민을 와보니 이미 여름방학이 시작된 후여서 2개월 이상을 집에서 버텨야 했었다. 다행히 나는 아빠가 구해주신 자전거를 타고 거의 매일 혼자서 동네 곳곳을 누비며 다녔었다. 자외선 차단제는커녕 단지 미국 태양은 한국태양보다 더 커서 더 뜨겁다고 생각했던 것 같다. 강한 자외선으로 인해 얼굴과 팔에 주근깨가 많이 생겼다. 미국사람들은 주근깨가 귀엽다고 말하는 희귀한 민족이다. 옷은 밋밋한 단색에 무늬 없는 것을 선호하면서도 몸엔 자연적인 주근깨나 인위적인 문신이라도 있어야 개성 있다고 하는가 보다.

고등학교에는 학년 제한이 없는 반이 많았다. 미국학교 시스템은 졸업하기 전까지만 필수과목을 이수하면 되기 때문이다. 이민

온 첫해는 작은언니와 같은 반이 4개나 있어서 늘 붙어 다녔다. 나는 성격이 활발해서 친구가 많았지만 언니는 얌전한 학생이었다. 정확히 말하자면 언니는 얌전한 게 아니라 내숭을 떤 것이다. 동생들을 괴롭히는 미국 학생들의 귀싸대기를 때리거나 옷을 빼앗아 반드시 용서를 구하게 만드는 우리 집의 유일한 홍길녀였다.

대학교 때의 일이다. 수학반에서 나는 99.99% 점수를 받는 학생으로 학기 내내 유명했다. 동남아시아 출신의 깐깐한 교수님은 "수학에선 100%라는 건 없고 99.99%를 만점이라고 한다."라고 고집하셨다. 학생들의 분노 섞인 눈총마저도 별로 신경 쓰지 않는 무대뽀 아줌마였다.

추가 학점을 얻기 위해 여러 명의 반 친구들과 함께 한 단계 높은 수학과목 시험을 치르기로 했었다. 대학졸업 제도상 두 과목 정도는 시험만 합격하면 학점을 받을 수 있었기에 시간과 학비를 절약하기 위해 내린 결정이었다. 과목은 고등학교 때 배운 적이 있던 것으로 선택을 했다.

시험 당일 날 시험장에 도착하여 지시사항을 들은 후 시험지를 펼치는 순간 머리가 멍해져 버렸다. 나름대로 준비를 하고 갔는데도 불구하고 한 번도 배운 적이 없는 문제들로 가득한 시험지가 날 비웃고 있었다. 학기말 때 시간이 없어서 선생님이 가르치지 못하셨던 문제들로 가득 했던 것이다. 설마설마 했었는데…. 결국 잠시 망설이다가 시험관에게 사정을 말하고 서둘러 시험장을 빠져 나왔다. 시험을 포기하는 것이 학점에 악영향을 미치지 않기 때문이었다. 우습게도 다음날 나는 학교에서 또 스타가 되어버렸다. 시험장에 함께 갔었던 친구들이 내가 100문제를 15분 만에 풀고 나갔다고 소문을 낸 것이다. 기가 막혔지만 웃음밖엔 나오지 않았다. 사실대로 말할 필요도 없었거니와 다들 부러워하는 눈치여서 그것으로 위안을 삼았다.

직장생활을 하면서 잦은 회식 때문에 늘 곤욕스러웠다. 미국회사에서는 일 년에 한두 번 정도밖엔 없는 회식이 한국회사에선 정말 셀 수 없을 정도로 많았다. 아빠를 닮아서 술을 못 마시지만, 줄담배를 피우시는 아빠와는 정반대로 담배냄새는 구역질이 날 정도로 싫다. 술 담배를 못하는 나에게 사람들은 내숭을 떤다고 오해한 적도 많다. 아마도 내가 술 담배와 친해보여서 그랬던 것 같기도…. 회식 후 2차는 항상 노래방엘 갔다. 가끔 사장님한테 나이트클럽에 가자고 조르는 직원들이 있었는데 나는 한사코 가지 말자고 반대표를 던졌다. "나이트클럽도 좀 가보고 해야지 요즘엔 춤 못 추면 쉰세대 취급 받아요." 나에게 동료직원들이 조언이라고 하는 말이었다.

고등학교 시절엔 주말이 되면 친구들과 댄스파티엘 자주 다녔다. 친구들 집에서 하는 생일파티나 대학교 캠퍼스 댄스파티가

고작이었지만 정말 재밌었다. 학생들만 모이는 댄스파티는 춤만 추고 놀면 그만이었다. 한국 나이트클럽이 싫은 이유는 꼭 술을 시켜야 하기 때문이다. 사람들이 취한 상태에서 엎치락뒤치락 춤을 추는 것도 흉해 보이거니와, 취기를 이용해서 실수를 하는 게 도무지 불편해서 싫었다. 그런 내게 춤을 못 춰서 가길 거부한다고 오해를 하다니….

  힘들고 어려운 20대를 보내면서 가짜웃음과 가짜미소로 내 얼굴을 가장 많이 꾸미고 다녔던 것 같다. 가장 외로웠을 때 가장 많이 웃었다고 해야 할까. 당시 함께 근무했던 모 실장님께서 내게 하셨던 말씀이 생각난다. "항상 웃지만 웃음 뒤에는 외로움이 보이는데, 그 외로움을 가리려고 웃는 것 아닌가"라고…. 아주 틀린 말은 아니었지만 굳이 그것을 내게 말씀하신 저의를 모르겠다.

  소유한 자동차와 옷차림새로 경제적 능력 평가에서 반은 먹고 들어간다지만 요즘처럼 빛 좋은 개살구가 많은 불경기 시대엔 동전 뒷면도 확인해 보는 것이 좋을 것 같다. 겉으로 보이는 게 다가 아닌데도 사람들은 "딱 보면 대충 다 안다!"라며 쉽게 판단하려는 실수를 한다. 나부터가 눈으로 거두어들인 것이 입 밖으로 나오기 전에 몇 번의 필터링을 거치는 연습을 해야겠다. 누가 알랴? 쉽게 뵈는 무늬보다 인품을 볼 줄 아는 혜안이 내게도 트일지.

A형의 돌탑

우리가 일반적으로 알고 있는 혈액형별 성격이 때로는 우리 스스로를 그 정해진 테두리 안에 가두는 경향이 있는 것 같다. 그 누구도 테두리 안에 갇히라고 한 적이 없는데도 말이다. 나는 아닌 것 같은데 싶다가도 인터넷에 올라온 혈액형 관련 글을 보면 마치 내 얘기를 하는 것 같은 착각이 들 정도이다. 마치 재미로 보는 운세가 나 개인을 위해 씌어진 것이라고 느껴지는 것처럼.

인터넷에 올라온 글을 인용하자면 A형은 "소세지(소심하고 세심하고 지랄 같은 성격), 내성적, 완벽주의자, 이상주의자라고 하지만 의외로 외향적으로 보이는 형도 있으며, 서비스형 유머, 망가지기 잘하고, 자신의 보여지는 면과 내면 사이의 갈등이 첨예하다고들 함(A형들의 고백). 그래서인지 알콜 중독자 중에 A형의 비율이 높다는 통계가 있음. 우유부단, 판단이 잘 서질 않아 기회를 놓치기도 함. 인내심이 많으나 기본이 어그러지는 것에 대해선 가차 없는 응징을 하기도 하며, 서비스 정신이 강하지만 한번 마음을 다치면 오래간다. 자기애와 자존심에서 둘째가라면 서러워하는 형"이라고 되어있다.

이 글을 올린 사람은 또한 B형을 오만하고 이기적인 성격으로, O형을 단순하고 무식한 성격으로, AB형을 천재 아니면 바보로서 조울증, 정신질환적, 과대망상형으로 착각하는 형으로 묘사했다.

태어날 때부터 나의 의지와는 상관없이 A형이 된 나는, A형이 내성적이라는 점이 마음에 들지 않는다. 내 생각으로는 한 가지 성격을 가진 사람은 이 세상에 아무도 없을 것 같다. 늘 좋은 사람도, 늘 나쁜 사람도 없듯이 A형이 아닌 다른 혈액형의 소지자들이 소심하지 않다는 법 또한 없지 않을까.

나는 형제가 많다. 나와 동일한 혈액형이 네 명이 더 있고, AB형 한 명, 그리고 B형도 한 명이 있다. 어려서 우리는 일심동체요 어떤 의견 앞에서는 만장일치였다. 한 사람이 좋아하면 다 좋아하고, 싫어하면 다 싫어하는…. 하지만, 사춘기를 지나고 성인이 되자 각자의 다른 삶을 살아가면서 또 다른 인격들로 바뀌어 갔다.

형제들 중 중간 서열인 나는 중재자 역할을 많이 해온 것 같다. 성격상 누구와 다투거나 분쟁을 일으키는 것을 좋아하지 않는다.

다투는 것 자체가 귀찮아서 그랬던 것 같다.

조용히 살고 싶어 하는 나의 바람과는 달리 내게 돌을 던지는 사람들은 끊임없이 생겨났다. 그 점에 나는 가끔 분노를 느낀다. 나 스스로 생각해도 나는 가해자의 입장이 되어 남에게 피해를 입히는 말이나 행동을 하지 않는데 왜 사람들은 내게 그럴까. 혹시 다른 사람들도 비슷한 종류의 돌을 맞아 가면서도 잘 견뎌내고 있는데 유독 나 혼자만 아프다고 징징거리는 건 아닐까?

날아오는 돌을 잘 받아내는 마음 넓은 글러브도 아니고…. 맞돌을 던져서 날아오는 돌을 중간지점에서 깨부술 능력도 없는데… 맞은 돌을 집어 들어 던진 사람한테 도로 던져버리지 못하는 이유는 뭘까? 해답은 아마도 A형에 대한 분석 자료에 있을 것 같다.

AB형의 혈액형으로 태어나 사십대 중반 이상을 살아온 남자의 아내가 되었다. 남자 형제가 없는 가정에서 자란 나와, 여자형제가 아주 귀한 가정에서 자란 남편을 간단히 분류해 보면 남자를 잘 모르거나 여자를 잘 모르는 두 남녀의 만남인 것이다. 현실적이고 논리적 사고방식으로 오랜 직장생활을 해온 나, 그리고 나홀로 사업을 장기간 해온 남편과는 가치관, 개념, 문화의 차이가 많이 난다. 서로가 너무나 다른 환경에서 살아왔기에 무의식적으로 던져진 돌에 서로의 마음에 많은 상처를 낸 것 같다.

장난으로 던진 돌에 개구리는 맞아 죽음에 이르기도 한다는 말이 있다. 사람은 개구리가 아니다. 하지만 돌에 맞을 때는 자신을 작은 개구리로 착각하게 되는가 보다. 나 역시 한동안은 개구리인 줄 착각하고 돌에 맞아 아프다고 개굴개굴 슬피 울어대지 않았던 가.

던져진 돌들을 하나 둘 모아서 돌탑을 쌓다보면 언젠가는 포용력 있고 인내심이 강한 사람으로 거듭나게 되진 않을까? 나도 돌탑을 쌓고 싶다. 그 돌 하나하나에 옮겨 두련다. 미움, 분노, 걱정, 근심, 그리고 내 마음을 어둡게 하려는 그 모든 것들을.

날개달린 종이

내게도 '시간은 돈'이다. 내 돈을 꿔가고 안 갚는 것보다 내 시간을 낭비하게 만드는 일이 더 싫다. 돈은 돌고 도는 것이지만 시간은 돈으로도 살 수 없는 것이기 때문이다. 누군가 죽으면서 "내게 남은 시간을 팔겠다."라고 했다면 그 집 앞엔 만리장성을 능가하는 길이의 구입자들로 문전성시를 이루고 말 것이다. 반드시 부자들만 오래 살고 싶은 것은 아닐 게다. 장수를 희망하는 사람이라면 빚을 내서라도 대열에 끼고 싶어 하지 않겠는가.

내 컴퓨터엔 세계 각국의 지폐 사진을 모아둔 파일이 있다. 오래전에 내 스승님께서 돈의 가치를 가르쳐 주실 때 참고하라고 보내주신 것이다. 미국마켓에서 사용할 수 있는 쿠폰을 대수롭지 않게 생각하던 내게 단돈 1불이라도 소중히 여기라는 가르침이었다. 습관이 되지 않아 아직도 쿠폰을 잘 활용하지는 못하지만 나름대로 가격을 비교하여 구매 결정을 하는 정도는 되었다.

돈은 날개 달린 종이다. 날갯짓이 시작되면 내 곁에서 마구마구 날아가 사라져 버린다. 손에 쥔 모래알처럼, 물처럼 계속 흘러내려 버린다. 모래와 물을 함께 쥐는 지혜를 깨달아야 날갯짓이 멈춘다는 것을 약간 늦게 깨닫긴 했어도 그나마 다행으로 여기고 있다.

돈의 가치가 서서히 깨달아지던 때에 그 돈의 무게도 체험코자 2백 불을 들고 은행에 찾아간 적이 있다. 물론 스승님의 제안이었다. 은행직원에게 새 동전으로 나온 1센트짜리로 바꾸어 달라고 했다. 한참 후에 1센트짜리 동전이 담긴 8개의 박스가 카트에 실려 나왔다. 일반적으로는 수만 달러를 인출해도 대수롭지 않게 창구를 통해 돈을 건네받는다. 하지만 단돈 2백 불어치의 동전은 건장한 두 남자 직원들에 의해 은행 주차장에 있는 내 차에까지 운반이 되었다. 아마도 주위 사람들이 봤을 땐 내가 엄청난 액수를 인출해 가는 줄로 오해했을 수도 있겠다. 잠깐이었지만 그 기분은 정말 묘했다.

집에 돌아와서 한 박스씩 이층 방으로 옮기는데도 많은 에너지가 소모되었다. 박스 뚜껑을 열어보니 구리로 만들어진 새 동전들이 번쩍거려 마치 내가 황금동굴을 발견한 탐험가라도 된 듯한 느낌이었다. 1센트짜리 동전을 하나 만드는데 드는 경비가 3센트라고 한다. 그 당시엔 구리가 모자라 공공기물을 뜯어가는 좀도둑들이 설친다는 뉴스가 자주 보도되었다. 훗날을 생각해서 구리동전들을 투자용으로 간직할까 했었지만 획득 목적은 그게 아니었으므로 나중에 조카들에게 생일선물로 한 박스씩 나누어 주었다. 25불을 지출하려면 그 무거운 구리박스를 낑낑대고 들고 나가야 할 터인데, 부모한테 쉽게 얻는 용돈을 흐지부지 써버리는 조카들에겐 아마도 신선한 충격이었을 듯싶다.

몇 년 전엔 C대학교를 상대로 문제를 제기한 적이 있다. 그들의 행정상의 문제에 피해자로 남고 싶지 않았기 때문이다. 해마다 보수교육을 받을 일이 있어서 등록을 했었는데 회사일이 너무 바빠져서 취소를 했다. 학교에선 등록금 환불수표를 60일 이후에 우편으로 보내 준다고 했었다. 60일이 지나도 소식이 없기에 연락을 해보니 내가 강의에 몇 번 출석했기 때문에 환불을 해줄 수가 없다고 했다. 과 교수가 내 이름을 호출했을 때 내가 3번이나 대답을 했다나 뭐라나… 어떻게 생긴 교수인지도 모르는데 내가 무슨 대답을 했겠냐고 따졌지만, 자기네는 서류증거가 있다고 하며 끝까지 도와줄 기미를 보이지 않았다.

웬만하면 그 시점에서 다들 포기했을 것이다. 하지만 나는 대학 총장한테 억울한 사정을 이메일로 호소했다. 총장은 그 누구의 편도 들어주지 않고 원만히 해결하자는 차원에서 50%만 환불을 해주겠다고 했다. 끝까지 싸우기엔 시간이 너무 오래 걸릴 뿐더러, 시간을 많이 할애할 만큼의 큰 액수도 아니고, 정신적 스트레스를 더 이상 감당하고 싶지 않아서 총장의 제안을 받아들였다. 미국의 대학교 시스템도 정말 융통성 없게 돌아가는구나 싶을 정도로 황당한 일이었다. 나의 돈 50%는 결국 별 가치 없는 시스템 속으로 날아가 버린 셈이다.

내가 지금 살고 있는 산동네는 특별히 갈 데도 없고, 놀 장소도 마땅치 않고, 일할 만한 직장도 없지만 최고의 학군을 자랑하고 있다. 하지만 요즘 지속된 불경기 탓에 캘리포니아 주정부 예산이 적자이다 보니 학교에서 부모들한테 기부금을 자주 요구하고 있다. 공립학교라서 무료로 공부를 한다지만 이런저런 이유로 세 명의 자녀를 둔 나의 지갑이 두둑할 날이 없다. 어쩔 때는 "아예 정정당당히 수업료를 내라고 하지…. 왜 야금야금 뜯어가는 거야…."라며 투덜대게 된다. 오바마 대통령은 미국 국민에게 한국 교육 방식을 배우라고 하면서 왜 교육 지원금은 자꾸 줄이는지 모르겠다. 어떤 교육방식을 두고 한 말인지는 구체적으로 알 수 없는 일이다.

현명하게 살려면 지혜와 지식을 두루 갖춰야 한다는 것을 모르는 사람이 누가 있으랴. 날개 없는 천사의 마음으로 살지언정, 지폐에 날개를 달아주진 말아야겠다.

정전

지금 밖엔 비가 보슬보슬 내리고 내 시야에 들어오는 모든 사물들은 침묵 속에서 조금씩 젖어가고 있다. 얼마 전 불어닥친 강풍에 못 이겨 그 많던 잎사귀를 모두 날려버린 집 앞 나무가 눈에 띤다. 빨간 나뭇잎을 한두 개씩 떨어뜨리며 내게 가을의 낭만을 만끽하게 해 주었던 나무였는데 갑자기 벌거숭이가 되어버렸다. 벌거숭이 나뭇가지에 한 방울씩 맺혀있는 빗방울들이 마치 진주알처럼 반짝거린다. 진주알을 뚝뚝 떨어뜨리고 있는 저 나무도 하룻밤 사이에 모든 것을 잃을 줄은 몰랐겠지.

강풍이 우리 동네에 불어닥치던 날 나 역시 밤새 지칠 줄 모르고 불어대는 강풍소리, 바람에 이리저리 흔들리며 어지럽다고 아우성대는 나무들, 그리고 여기저기 굴러다니는 물체들 소리가 거슬려 깊은 잠을 잘 수가 없었다. 혹시나 하여 남편과 함께 두 딸들이 잠든 옆방에 들어가 보니 뒤뜰로 통하는 문틈 사이로 바람이 불어 들어와 블라인드가 조금씩 펄럭거리고 있는 게 아닌가. 남편은 밖에 세워둔 차에 강력테이프가 있다고 하며 가지러 가려고 했지만 내가 극구 말렸다. 이렇게 세게 부는 바람 속에 뭐가 날아들어 남편이 다칠지 모르기 때문이었다.

다행히 집안에 종이테이프가 있어서 우린 문틈을 모조리 막아 방안으로 들어오려고 아우성대던 바람을 잠재웠다. 이 산동네로 이사 온 지 5개월째. 바람소리 때문에 섬뜩해져 잠까지 설치다니 별일을 다 겪는다는 생각이 들었다. 해가 지면 집근처를 에워싸는 산들이 모두 새카만 색으로 변하며 마치 공룡들이 누워있는 듯하다는 상상을 하다가 잠이 들어버린 것 같다. 산동네 11월의 마지막 밤은 그렇게 지나갔다.

12월 첫날 새벽부터 정전이라는 또 다른 상황과 맞닥뜨렸다. 세 아이들과 남편의 아침식사와 더불어 남편을 위해 커피 끓이는 일을 거의 매일아침 해왔는데 갑자기 무엇을 해야 할까 머릿속이 텅 비어 버렸다. 이 동네 토박이인 남편은 해마다 강풍으로 인해 정전이 되기도 하니까 걱정 말랬다. 일단은 스토브를 사용할 수 있게 해주겠다고 했다. 다행히 스토브는 전기가 아닌 가스용이어서 라이터불로 점화하여 사용할 수 있었다. 프렌치토스트와 계란으로 아침식사를 끝낸 후 모두 일터와 학교로 떠나간 후에야 눈에 들어온 정전된 집안은 너무나 썰렁했다.

늘 그랬듯이 신문을 펼쳐들고 읽기 시작했다. 평소엔 인터넷으로 재밌는 쇼프로라도 켜놓고 신문을 읽었는데 전기가 들어오지 않으니 쇼프로는커녕 당장 집밖의 상황이 어찌 돌아가는지도 알 수 없었다. 창밖으로 보이는 나무들이 여전히 강풍에 맞서 꺾이지 않으려고 안간힘을 쓰며 이리저리 휘청거리고 있는 것도 무섭거니와 집 앞에 세워둔 차에까지 가서 라디오를 통해 뉴스를 들을 용기가 나지 않았다.

처음엔 미국에서 설마 정전사태를 금방 수습 못할까 싶었는데, 혹시 오늘 저녁도 전기복구가 안 되면 어떡하지? 라는 생각이드는 순간 마음이 바빠졌다. 냉장고에 가득 채운 음식물들을 어떻게 처리해야 하는지 먼저 곰곰이 생각했다. 가장 먼저 부패하는 순서대로 요리해 두는 것이 좋을 것 같았다. 굴 5봉지를 모두 꺼내어 물에 해동시켜서 부침가루와 달걀을 이용해 모두 굴전을 만들었다. 달걀은 왜 이리도 많이 사두었담… 2박스는 굴전과 달걀말이로 사용했지만 나머지 2박스는 어느덧 해가 뉘엿뉘엿 지는 바람에 도로 냉장고에 넣어 두었다. 반찬이 있어도 압력밥솥으로 밥을 할 수 없는 일이고, 냄비로 가스 불 위에 밥을 짓는다 할지라도 5식구가 어두운 부엌에서 식사를 한다는 것 자체가 불편할 것 같아서 외식을 하기로 했다. 12살 된 아들이 학원에서 일찍 돌아와 함께 있어주는 바람에 어둠이 집안 구석구석을 짙게 칠해 가는데도 무섭다는 느낌이 들지 않았다.

외식을 하러 나가는 길에 어디까지 정전이 되었는지, 왜 길 하나를 사이에 두고 북쪽 동네는 불이 들어오고 남쪽 동네는 아직도 정전인지 등의 이야기로 차안은 어수선했다. 평소엔 신경 쓸 일 없던 전기라는 막강한 힘을 가진 과학문명 앞에 우리는 어느덧 약간 바보스러운 대화까지 나누었다.

"엄마 저기는 불이 켜져 있어요!" "와우~ 좋겠다." 해가 지고 달이 떠있는 저녁에 불빛이 새어나오는 건물 하나를 가리키며 하는 말이었다. 우리 동네를 벗어나 정전과는 전혀 상관없는 화려한 세상이 펼쳐지는 순간부터 부러움의 대상이 되어버렸다. 벌써부터 크리스마스 장식이 빤짝거리는 집을 지나갈 땐 오늘 같은 날 전기낭비를 한다고 한마디 던지기도 했다.

월남식당에서 간단히 식사를 마치고 집에 도착할 즈음엔 전기가 복구되지 않았을까 하는 바람은 어둠이 그때까지도 삼키고 있는 동네 입구에 들어서면서 사라져버렸다. 남편은 발전기를 가동시켜 밤 9시까지 응접실을 밝게 해주었다. 9시 이후에는 예의상 이웃들에게 피해가 가지 않도록 소음을 중지해야 하므로 발전기도 끄고 손전등에 의지한 채 하루의 일과를 매듭지었다.

다음날 아침 일찍 학교 교육구에서 전화가 왔다. 아직도 정전사태가 복구되지는 않았지만 학생들을 등교시키라는 자동메시지가 흘러나왔다. 남편이 발전기를 가동시켜 주어서 재빨리 아침식사와 커피를 준비할 수 있었다. 냉장고와 발전기를 연결시켜 놓아서 당장은 음식이 상할까봐 걱정하지 않아도 되어서 좋았다.

미국이란 나라가 왜 이리 허술할까. 시민한테 정전의 고통을 24시간 이상 겪게 하다니… 라고 투덜대며 신문을 펼쳐들었다. 오마이갓…. 11월 30일부터 남가주 일대에 불어닥친 초강력 강풍으로 인해 근처 지역은 나무가 450그루 이상 쓰러져 주택 등을 덮치면서 건물도 42채가 붕괴위기라고 했다. 엘에이 지역은 비상사태를 선포한 상태이고, 밤새 지붕이 날아가고, 주택과 차량 파손, 그리고 항공기 이착륙이 타 공항으로 옮겨지는 사태까지 생긴 것이 아닌가.

이로써 우리 동네 정전복구가 미루어지는 이유를 알고 나니 오히려 우리가 처한 상황에 감사하게 되었다. 땅만 갈라지지 않았을 뿐 지금 우리가 겪는 것이 대지진과 무슨 차이가 있겠나 싶었다. 이번 기회를 통해서 전기와 물을 아껴서야 하는 이유, 그리고 실제 긴급 상황에서 해야 할 일들을 아이들에게 확실히 가르쳐 주었다. 우리 스스로가 파괴하는 지구가 우리의 삶을 정전시키지 않도록 수고와 노력을 아끼지 않아야 할 것이다.

전복죽 사랑

　오랫동안 싱글로 지내다가 우연한 기회를 통해 지금의 남편을 만나게 되었습니다. 처음으로 전화 통화를 하게 되었을 때 남편은 묻지도 않은 자기소개와 가족관계, 그리고 수다쟁이라고 오해할 만큼 많은 이야기를 내게 들려주었지요.

　솔직히 저는 말 많은 남자를 좋아하지 않아서 남편에게 호감이 가질 않았답니다. 그래도 한 번은 만나보는 것이 좋을 것 같다는 생각에 집근처 미국 레스토랑에서 저녁약속을 하고 결국 만나게 되었어요. 나이는 저보다 2살 연상이라고 했는데 얼굴에 주름이 자글거려서 하마터면 아이디 좀 보자고 말할 뻔 했어요. 경상도 사람이라 사투리를 엄청 사용하여 이해도 잘 안 돼서 헷갈리는 데다가 나를 바라보며 생글생글 웃기까지 하니까 정신이 하나도 없었답니다. 웃는 모습이 참 보기 좋았고, 얼굴에 자글자글한 주름도 많이 웃어서 생긴 것 같은 착각까지 하게 되었어요. 식사 후 헤어질 때 나를 만나려고 신발까지 새로 사신고 왔다며 자랑하는 그의 모습이 어찌나 순수해 보였는지 지금도 그 당시를 생각하면 정신 나간 사람처럼 피식 웃곤 한답니다.

그 당시 남편은 제가 사는 집에서 한 시간정도 떨어진 곳에서 살고 있어서 교통까지 막히면 2시간을 운전하고 내려와 저를 만나고 가야 했습니다. 그땐 그렇게 먼 거리인 줄 상상도 못했지요. 남편이 한 번도 힘든 내색을 하지 않았으니까요. 게다가 집에 늦게 도착하면 새벽 늦게까지 전화통화를 하다가 잠이 들곤 했었는데 그땐 남편이 잠이 없는 사람인 줄 알았지요. 베개에 머리가 닿자마자 코를 골며 자는 사람이었는데 정신력으로 버텼던 것 같습니다.(ㅎㅎ)

인간성이 좋아서 호감이 막 생기려고 하는데 어느 날부터 남편이 데이트 후 헤어질 때 제 손에 미나리, 상추, 또는 오이 등 농산물을 주는 거예요. 장미꽃다발도 아니고…. 나를 어떻게 보고 이런 걸 준담…. 속으로는 거부감이 일었지만 고맙다고 받아들고 집에 와서는 제 룸메이트에게 먹으라고 넘겨주곤 했어요. 남편이 집에서 직접 기른 것이고 첫 수확이라 내게 제일 먼저 먹이고 싶었다는 말을 했지만 이민 31년차인 농부의 마음을 모르는 제겐 별 감동 없는 얘기였거든요.

그러던 어느 날 내가 심한 몸살이 와서 남편에게 약속을 취소하자고 전화를 했지만 남편은 기어코 나를 만나러 왔어요. 처음엔 좀 짜증이 나더라구요. 푹 쉬게 해주면 좋겠는데 굳이 와서 아픈 나를 봐야겠다고 하니까요. 그런데 남편은 그냥 온 게 아니고 전복죽을 손수 쑤어가지고 보온병에 담아서 온 거였어요. 엄마 외엔 제게 이런 정성을 보인 적이 없었는데 너무 감동이 되더라구요. 다음날 내가 친구와 점심약속이 있어서 레스토랑에서 만나고 있었는데 남편이 날 만나러 오고 있다고 전화를 하는 거예요. 친구 만나고 있으니 다음에 보자고 해도 결국 레스토랑으로 남편은 왔고, 주인의 허락을 받아내어 거기서 내게 새로 만들어온 전복죽을 먹었답니다. 나는 감동보다는 황당스럽고, 친구 앞에서 창피하기도 하고, 왜 내가 싫다는데 굳이 와서 이럴까 하는 이기적인 생각이 들었었는데, 제 걱정에 전복죽을 쑤어서 2시간을 운전하고 온 사람의 사랑과 정성이 결국 나를 그와 결혼하게 된 계기를 만들어준 것 같아요.

지금도 변함없이 날 사랑해주는 남편과 아이 셋과 알콩달콩 잘 살고 있답니다. 철이 되면 뒤뜰 텃밭에 남편이 심은 오이, 고추, 상추, 호박에 물도 주면서 말이죠. 물론 결혼 후 남편의 손에는 그의 트레이드마크인 미소와 잘 어울리는 장미꽃으로 바뀌었고요.

화려한 싱글을 접으며

따스한 햇살이 침대에 누운 나의 몸 어딘가를 따스하게 비추고 있는 느낌이 든다. 눈이 안 떠진다. 아니, 눈을 일부러 안 뜬다고 해야 맞을 거다. 나 스스로에게 위로를 하고 있다. 주말 아침이니 일찍 일어날 필요 없다고⋯. 주중엔 열심히 일했으니 오늘 하루는 밀린 잠을 푹 자도 된다고. 이때까지만 해도 나의 주중 기상시간은 아침 7시였다. 계속 잠을 청해 보지만 단막극 시리즈와 같은 꿈만 계속 꿔지고 슬슬 시장기가 드는 통에 억지로 이불을 걷어차고 일어난다. 제일 먼저 커피를 끓이고 허기를 채울 그 무언가를 찾는다. 아침 겸 점심식사가 끝나면 랩탑을 챙겨서 어디론가 나갈 채비를 한다. 내 몸뚱이 하나 외엔 신경 쓸 일이 없는 나로서는 너무나도 여유롭고 편안한 외출이다.

지난 십 수 년 동안 나의 삶은 너무나 단순했다. 주중엔 회사에서 열심히 일하고, 저녁엔 학교나 학원을 번갈아 다니며 공부를 했고, 틈틈이 좋아하는 운동도 잊지 않았다. 혼자 먹자고 요리를 하기도 귀찮고 시간낭비인 것 같아서 늘 가까운 친구나 지인들을 만나 식사를 해결하곤 했다. 토요일엔 모자란 잠을 보충하고, 식사를 끝낸 후엔 다시 운동을 하러 가는 나의 화려한 싱글의 삶을 주위의 모든 유부녀들이 부러워할 정도였다. 감사하게도 마흔이 넘어서까지 이렇게 편하고 안락한 생활습관은 변하지 않았다. 전화통화보다는 이메일이나 문자를 즐겨했고, 해야 할일 목록을 적어두고 하루 날 잡아 해결하는, 일종의 '귀차니즘' 증상이라고 할 수 있겠다.

오랜 싱글라이프를 접고 두 달 전에 결혼을 하면서 나의 과거는 온데간데없이 하루아침에 물거품처럼 사라지고 말았다. 제일 먼저 주중의 기상시간이 6시로 바뀌었다. 동이 트기도 전에 일어나야 한다. 갑자기 3, 5, 7학년짜리 아이들의 학부모가 되어버린 나는 더 이상 개인적인 행동은 상상할 수도 없게 되었다. 영어가 익숙한 엄마가 생긴 아이들은 나를 너무 잘 따르고 좋아한다. 하지만 3명의 아이들이 매 3초마다 던지는 질문들이 나를 너무 정신없게 만든다.

아침에 기상하자마자 간단히 세안을 하고 부엌에 들어가면서 피아노 연주곡을 튼다. 엄마는 고상하게 샹송 피아노 연주곡을 듣는 사람이라고 내세우려는 건 아니다. 아이들에게 엄마가 부엌에 있으니 일어나서 등교준비를 하라는 알림일 뿐이다.

아이들은 어김없이 내게 와서 굿모닝 인사를 하고 한 번씩 포옹을 마친 뒤 화장실로 향한다. 나는 그동안 아침식사 준비와 남편의 도시락을 챙긴다. 사랑하는 남편과 아이들에게 내가 직접 만든 음식을 먹게 한다는 것은 기쁜 일이다. 더구나 막내의 아토피 증상이 내 음식을 먹으면서 사라졌으니 뿌듯하지 않을 수 없다. 요리와는 담을 쌓고 살아온 나였기에 처음엔 많이 걱정을 했었지만 그래도 어릴 때 친정엄마와 사는 동안 어깨 너머로 본 것들이 많이 도움이 되었다. 서당 개처럼 풍월을 읊는 날이 빨리 왔으면 좋으련만….

결혼 후 마음의 여유가 많이 없어졌다. 아이들 학교 문제, 학원 문제, 가정교육 및 식사메뉴를 고민하는 시간이 길어질수록 더 그랬다. 내가 왜 남들이 부러워하는 화려한 싱글라이프를 접고 결혼을 해서 이 고생을 한담…. 하루에 수차례 후회도 했었다. 결혼 전날까지도 어떻게 하면 이 버거운 상황에서 탈출할 수 있을까를 고민했으니 내 마음속 천근 무게의 갈등이 짐작될 거다.

학부모로 살아본 적이 없는 나는 늘 긴장 속에서 3명의 어린 아이들을 키워야 한다. 부모의 책임이 크다는 것을 새삼 깨달았다. 아이들이 자립될 때까지는 군말 없이 운전수 노릇도 해야 하고, 늘 집안이 청결하도록 치우고 쓸고 닦아줘야 하고, 건강하게 잘 자라도록 맛있는 음식을 제공하는 요리사가 되어야 하고, 학교와 학원 등의 스케줄을 확인 관리해주는 비서역할도 해야 하며, 옳고 그름을 가르치는 선생님 노릇도 해야 하고, 용품구입 때 필요한 은행도 돼줘야 하고, 아플 때 간단한 치료도 마다하지 않는 의사선생님, 옷을 예쁘게 입히는 코디네이터, 고민을 들어주고 조언을 해주는 상담역, 함께 시간을 보내고 놀아주는 아이들 친구 등…. 어휴…. 정말 할일도 많고 엄마로서의 역할이 이렇게 많다는 것에 놀람을 금할 수가 없다.

새엄마로 산다는 것은 육체보다 마음의 고생이 더 큰 것 같다. 친엄마처럼 마음대로 화를 낼 수도 없고, 큰소리로 야단을 쳐도 안 되고, 꼭 필요할지라도 매를 들 수가 없다는 것이다. 나는 내가 생각해도 남들에 비해서 인내심이 많은 사람도 아닌데 왜 이런 상황극에 발을 들여놓았는지 모르겠다. 앞으로 죽을 때까지 첩첩산중 같은 나의 고행은 끊이지 않을 것만 같다. 그래도 힘들다고 지친 내색은….

그래 오직 한 사람, 상상으로만 그렸던 그 백마 탄 왕자님은 내 정신력과 체력을 뒷받침해 주고 지혜와 능력과 사랑이 물 흐르듯 흘러 나와지도록 여건 조성을 해줄까. 혹 그 바람이 과하다면 그저 앞에서 끌어주고 뒤에서 밀어주는 범부여도 괜찮으련만.

다시 아날로그의 세계로

　오늘은 큰 맘 먹고 작년 한 해 동안 끼고 다니던 diary 안의 중요한 정보를 새것에 옮겨 적는 일을 했다. 컴퓨터에 모든 것을 입력해두고 사용하는 것도 좋겠지만, 이렇게 직접 잉크 펜으로 적어 보는 것도 왠지 정겨운 느낌이 들기 때문이다. 공책은 건전지나 전기가 필요 없고 로그인 아이디나 패스워드를 외우지 않아도 된다. 말 그대로 펼치기만 하면 단 몇 초 안에 원하는 정보를 한눈에 들어올 수 있게 하는 장점이 있기에 편리하다. 그리고 친근하다.

　최근에 새로 구입한 랩탑과 스마트 폰을 두고 주위사람들은 좋겠다고 부러워하지만 나의 호기심을 3~4시간 만에 후회막심으로 만들어 버리는 이 납작 네모 땡땡이들을 언제쯤 정복할 수 있을는지 모르겠다. 없으면 없는 대로, 모르면 모르는 대로 지낼 때는 그런대로 좀 편했는데 이미 내장되어 있는 기능조차 쉽게 파악하지 못한다는 것이 왠지 무능력감을 상승시키는 것 같다. 컴퓨터 (경영) 정보학 전공자인 나도 이러는데 비전공자들은 오죽하랴.

새 랩탑은 최신 윈도우 버전과 호응이 안 되는 이유로 불편하기 짝이 없고, 결국은 또 전문가의 도움을 받아야 하는데 추가비용 생각에 마음속엔 이미 주름이 자글거리고 있다. 그렇다고 변화를 거부하고 옛것만을 고집하는 고지식하고 보수적인 사람으로 살수도 없는 일이다. 이것들을 정복할 즈음엔 더 강한 무기를 지닌 정복 대상들이 쏟아져 나오겠지. 돈지갑을 미리 열어둔 채로 어서 와서 가져가시라고 반기는 '돈 가진 노예'가 된 기분이 드는 것은 나뿐만이 아니리라. 돈을 지불하면 최첨단 과학을 공유하는 권리가 생기는 게 아니라 안 겪어도 되는 스트레스만 추가시키는 것 같다. 금전적 대가를 치르고 혹독한 대가를 치르는 셈인 것이다.

마이크로 소프트 창시자인 빌 게이츠가 북가주에 모든 시스템을 컴퓨터화한 집을 지었는데 컴퓨터의 오류로 인해 집에 며칠 동안이나 못 들어가고 호텔 신세를 진 적이 있었다고 한다. 여행 중에 관광가이드가 해준 말이니 믿거나 말거나. 하지만 그의 말이 사실이라면? 당일 날 비가 오지 않았으니 망정이지 얼마나 망신 스러웠겠는가. 그 대단한 사람이 그런 대단한 집을 지으면서

back up plan이 없었다는 것이 의아스러울 뿐이다.

너도 나도 갖고 있는 핸드폰, 카메라, 녹음기로 인해 이러지도 저러지도 못하고, 도망갈 구멍이나 해명할 기회조차 안 주는 냉정한 사회에서 우린 살고 있다. 인터넷에 떠도는 무분별한 기사로 인해 청춘을 불살라보지도 못한 채 인생을 마감한 사람들이 얼마나 많았던가. 하수구 구멍 속으로 빨려 들어가는 물처럼 급속도로 변하는 현대사회에서 살아남기가 고달파 보이기까지 하다. 사람에 의해 만들어진 기계가 이젠 사람의 마음과 생각과 영혼까지 조정하고 있는 듯하다. 정의 문화가 기계문명에 의해 서서히 사라지고 있음이 안타까울 뿐이다.

예전에 근무하던 회사에서 내 보조직원(당시 25세)에게 서류 한 장을 우편으로 보내라고 했었다. 그러자 발신인과 수신인의 주소를 어디에 먼저 써야 하는지를 묻는 게 아닌가. 납입금은 온라인 뱅킹으로, 서류는 스캔해서 이메일로, 편지 역시 이메일로, 그것마저 여의치 않으면 핸드폰 문자를 사용하는 세대라서 그렇겠거니 이해를 하려고 했으나 그것보다는 관심의 문제였다. 아무리 본인이 사용하지 않는 방법이라서 몰랐다고는 하지만 집에 배달되는 우편물을 한 번도 관심 있게 확인하지 않아서 생기는 무관심이 낳은 결과가 아닌가.

마케팅 전략 세미나에서 배운 내용이다. 컴퓨터로 프린트된 주소보다는 친필로 주소가 쓰인 우편물을 사람들이 가장 먼저 열어 본다는 통계가 있다고 한다. 그 뒤로는 크리스마스카드에 사랑과 정성을 담았다는 의미로 주소를 항상 펜으로 쓰고 있다. 받는 사람들이 따듯한 미소를 지을 것을 생각하면서….

점점 기계화되어 가고 있는 이 시대에, 나처럼 불혹을 넘긴 사람들은 자판기를 두들기는 소리보다는 연필이 종이 위에서 긁적이는 정겨운 소리를 더 그리워하고 있지는 않은지 모르겠다.

THE END가 없이 매일 변하는 세상에 맞추어 살다보니 기계 없는 아날로그 체험마을이라도 생기면 정말 좋겠다는 생각마저 든다. 전자파로 인한 두통, 컴퓨터 중독, 컴퓨터 바이러스, 해킹 피해, 운동부족으로 인한 성인병, 사생활 노출로 인한 우울증이나 자살, 그리고 스트레스로 인해 생기는 각종 질병들을 최소화 시킬 수 있진 않을까.

오이와 진딧물

　사방이 산으로 둘러싸인 산동네에서 산 지 1년이 넘었다. 이 집으로 이사 온 후 몇 개월 뒤에 남편은 뒤뜰 텃밭에 호박, 상추, 고추, 그리고 오이를 심었다. 농사에 대해 전혀 관심이 없던 나는 산을 깎아 지은 집의 뒤뜰이 자갈밭일 줄은 상상조차 못했었다. 자갈밭을 일일이 일구고 비료를 준 뒤 모종을 사다가 줄을 맞추어 심은 것을 알고 나서 남편이 참 대단하다는 생각을 했다.

　키가 가장 빨리 자란 건 오이다. 상추, 고추, 호박도 있지만 온몸을 흰 가시로 스스로를 보호하며 팔뚝만한 길이로 쑥쑥 자라는 오이가 가장 큰 관심을 끌었다. 내 피부가 연해서 그런지 신경이 날카로워진 오이를 조심스레 비틀며 따는 데도 손가락을 찌르는 가시는 늘 얼굴을 찡그리게 했다. 그것은 오이 나름대로의 생을 마감하고 싶지 않다는 마지막 절규였는지도 모르겠다.

　너무 빨리 자라서 오이줄기가 여기저기 늘어지기 시작하자 남편은 기다란 막대를 여러 개 사와서 오이 밭에 꽂고 녹색 끈으로 빨랫줄처럼 묶어 두었다. 그 막대를 타고 하루가 다르게 자라는 것도 그렇거니와 녹색 끈에 가느다란 줄기들이 손가락처럼 턱하니 걸쳐있는 모습들이 정말 신기했다. 줄기 마디마다 피어오른 노란 꽃이 지면서 오이가 자란다는 말에 나의 자연탐구가 시작된 지 이미 오래되었다.

　처음으로 열리는 오이들은 땅에 닿으면서 약간 휘는 듯이 자라기도 하고 어떤 오이는 물을 충분히 공급받지 못했는지 도우넛 모양으로 둥글게 굽어 자라기도 했다. 휘거나 둥근모양이 아닌 쭉쭉빵빵 오이를 키우기 위한 노력도 웬만한 애완동물 돌보는 것 못지 않은 것 같다. 남편이 나와 데이트할 때 첫 수확이라며 의기양양하게 건네주던 오이가 있었다. 그 당시엔 약간 감동도 했었다. 첫 수확을 내게 주다니 뭔가 의미심장한 뜻이 있을 것 같아서였다. 그런데 지금은 그것이 사실이 아니라는 것을 안다. 처음 수확한 것 치고는 최고의 상품가치가 있는 것처럼 보이는 쭉쭉 뻗은 기다란 오이였기 때문이다. 그 얘기를 농담 삼아 하면 남편은 진짜 첫 수확이었다고 펄쩍 뛰는 모습이 재밌고 싫지가 않다.

　아침에 오이 밭에 가서 어떤 것을 저녁식탁에 올려놓을까 미리

찜해두는 일도 재미있다. 오이가시는 스푼으로 긁어버리면 아주 깔끔하게 제거되고 얼음물에 잠시 담가두면 더욱더 아삭아삭해진다. 오이를 채 썰어 동치미 국물과 함께 점심 도시락 통에 넣어주는데 요즘처럼 무더운 날씨에 일하는 남편이 얼마나 좋아하는지 모른다. 예전엔 페르시안 오이를 즐겨 먹었는데 이젠 온 식구가 고추장과 된장을 섞어 만든 쌈장에 찍어먹는 올게닉 오이 맛에 완전 매료되어 버렸다.

이런 맛에 농사를 짓는가 보다. 농부들의 마음을 만분의 일정도 이해했다면 맞을까. 싱싱한 오이를 먹으려고 비싼 물세를 감당해야 하는 건 쉽지 않은 결정이었지만 정성스럽게 가꾸고 키워 수확한 열매가 가족의 건강을 지켜준다는 것만으로도 비싼 값어치를 톡톡히 해내는 셈이다.

저녁식사가 끝나고 모처럼 남편이 설거지를 해주는 날이면 나는 뒤뜰 텃밭으로 나가서 남편대신 물을 주곤 했다. 며칠 전 텃밭에 나가려고 바지자락을 걷어 올리는 내게 남편은 진지한 얼굴로 할 말이 있다며 발길을 멈춰세웠다. 조만간 오이가 더 이상 나오지 않을 것이니 호박과 고추에만 물을 주라고 했다. 내가 오이에 애착을 갖고 있는 것을 알고 있는 남편이다.

이유를 묻기도 전에 남편은 농사에 대해 상식이 없는 내게 설명을 해주었다. 우리 밭에는 농약을 뿌리지 않기 때문에 오이 잎사

귀에 진딧물이 생겨 오이가 더 이상 자랄 수가 없다고 했다. 그 말이 마치 사망진단을 듣는 것 같아 어찌나 마음이 짠─해 오는지 하마터면 핑 도는 눈물을 떨어뜨릴 뻔했다. 늘 내 곁에 있을 줄 알았던 착각에 찬물을 끼얹는 말이었다.

채소이니까 언젠가는 시들어 죽을 거라는 것을 생각지 못한 것이다. 그날 저녁엔 텃밭에 가지 않았다. 하지만 밤새 꿈속에서 목말라하는 채소들이 눈에 밟혀서 다음날 아침에 눈을 뜨자마자 물이 밭에서 넘치도록 흠뻑 주었다.

아이러니컬하게도 강한 살충제는 더욱 강한 진딧물을 만든다는 말이 있다고 한다. 자연의 섭리에 순응하라는 말인 것 같다. 남편은 내게 모종을 새로 사다가 심어주겠다고 했다. 그 말을 들으니 기분이 다시 좋아졌다. 시들어 죽는다는 것은 끝이 아니었구나. 새로 심으면 또 자라는 것이라고 생각하니 조만간 만나게 될 길쭉한 까칠이들이 미리 기다려진다.

그동안 우리 가족을 위해 온몸 바쳐 수고한 오이 밭에게는 고맙다는 말, 충분한 물, 그리고 우리 딸들과 함께 부르는 나의 노래를 들려줘야겠다.

Angry Bird

'찰~칵!'

"헉~!"

스마트 폰 카메라에서 플레쉬가 터지는 순간 남편이 놀란 표정을 하며 얼굴을 휙 돌린다. 침대 위에 무방비 상태로 질서 없이 누워있는 사람에게 갑자기 웬 사진세례냐고 의아하게 생각해도 할 수 없다. 게임에 빠져 주위를 돌아보지 않는 남편에게 곁에 있는 와이프도 좀 신경 쓰라는 경고성 행동이었기 때문이다. 본인이 어떤 모습으로 있는지 사진으로나마 보여줘야 실감을 할 것 같기에….

평소에 남편의 코고는 소리 때문에 쉽게 잠에 들 수가 없었기에 궁여지책으로 아들의 nook 컴퓨터로 angry bird라는 게임을 시작하게 했었다. 남편이 게임을 하는 동안 나는 어떻게 해서라도 잠이 먼저 드는 게 목적이었다. 침대에 비스듬히 누워 게임을 하는 남편 옆에서 어떻게 잠이 들었는지 기억이 나지 않을 정도로 한동안 정말 잘 잤었다. 볼륨을 크게 높여야 게임하는 재미가 있는 것은 알지만 귀 옆에서 아무리 큰소리가 나더라도 잠에 들 수 있었다는 것이 신기하기만 하다. 아마도 떨림과 울림이 동반되어 메아리치는 남편의 공포스런 코골이보다는 견디기가 수월해서 내 귓속의 달팽이관이 주인님을 흔들어 깨우지 않았던 것 같다.

Nook 컴퓨터는 내 손바닥만한 사이즈인데 그 안에는 단어를 찾는 word search게임, tic-tac-toe, 수도쿠 등의 뇌 활성화를 위한 게임들이 있다. 남편과 나는 angry bird게임을 좋아했기에 가끔씩 남편과 주거니 받거니 하며 승부욕을 불태우기도 했었다. 새가 날아가면서 내는 소리가 막힌 속을 확 뚫어줄 정도로 경쾌하고 시원하게 들린다. 처음엔 게임을 함께 하다가 레벨이 높아져서 어려워지기 시작하면 남편 혼자 놀게 하고 난 옆에서 꿈나라로 가는 직행열차에 올라타면 되었다. 눈이 피로해서인지 아니면 긴장이 풀려서 그랬는지 의외로 빨리 잠에 들어버리곤 했다.

좋은 이유에서 시작되었지만 남편이 중독증세가 있는 것 같은 생각이 들면서부터는 게임기에 붙어사는 남편이 좋게 보일 리가 없었다. 한 번 게임을 시작하면 다른 것은 생각도, 신경도 쓰지 않았다. 객관적으로 생각해보면 어쩌면 정상적인 반응 또는 당연한 결과라고 할 수 있다. 그렇다 할지라도 아직은 신혼기간인데 나를 거들떠보지 않는 느낌까지 들었으니 불만이 생기는 것은 어쩔 수 없는 일이다.

남편의 입장은 달랐다. 자기 때문에 잠 못 드는 아내에게 얼마나 미안했으면 잠든 모습을 보고 차마 같이 놀자고 깨울 수가 없었겠냐고 했다. 누가 들어도 일리 있고 설득력 있는 말처럼 들린다. 하지만 남편의 심리점수는 100점, 도덕점수는 빵점을 주고 싶은 심정은 떨쳐 버릴 수가 없다. 어떤 경우에든 적절한 선이라는 것이 있지 않은가. 잠잘 시간이 아직 멀었는데도 본인 손에 들려있는 게임기에서 새소리가 끊임없이 들린다는 것을 인식하지 못하고 기억하지도 못한다는 것은 문제가 있는 것이다. 아마도 자신이 세운 기록을 자신의 손으로 기필코 깨야겠다는 의지가 다른 모든 일상생활에서의 의무를 잊게 했던 것 같다.

나의 수면을 방해하는 남편의 코골이를 원망해야 할지 아니면 남편의 정신줄을 빼앗아가는 angry bird를 원망해야 할지 모르겠다. 한 번에 두 마리의 새를 잡기는 어렵다는 말이 맞는 듯하다. 처음에는 고마운 마음이 들었던 angry bird가 남편과 합세를 해서 나를 angry wife로 만들고 있다. 어떤 때는 angry bird가 날아가면서 지르는 소리가 환청으로 들리기도 하는 것을 보면 내가 신경을 많이 쓰고 있다는 증거이기도 하다.

수개월동안 게임에 빠져 결국은 nook 컴퓨터를 압수당했던 아들이 한 날은 내게 투덜대며 하는 말, "엄마, 저녁에 엄마방의 angry bird 게임소리가 내 방에도 다 들려요." 자기한테서 nook을 빼앗아 가더니 그것으로 어른들이 갖고 놀고 있는 것을 다 안다는 간접적인 원망의 표현이었음을 잘 알고 있다. 나는 속으로 약간 당황되긴 했지만 떳떳하게 대처했다. "너는 그거 하느라고 다른 거 하나도 안 해서 뺏겼지만, 아빠는 엄마 자게 해주려고 하는 건데 뭐가 어때서?"

다행히 순진한 아들은 내 말에 공감을 하는 눈치였다.

중학생이 숙면의 중요성을 어찌 알리. Angry bird가 더 미워지기 전에 남편의 코고는 소리가 자장가로 들리도록 스스로 최면을 걸어봐야겠다.

직장살이

　신문, 로컬잡지, 인터넷상의 구인광고를 보면 어이없는 웃음이
날 때가 종종 있다. 재밌어서가 아니라 눈에 거슬리는 두어 가지
광고문구 때문이다. '가족같이 지내실 분'과 '오래 계실 분'을 찾는
광고가 바로 그것이다.

　사회에서는 공과 사를 구별해야 할진대 어찌 직원들과 가족같
이 지낼 수 있다는 것인가. 그렇다고 고용주가 고용인을 가족처럼
대하냐고 묻는다면 그건 절대 아닐 것이다. 여지껏 가족처럼 지내
자 말해 놓고 가족처럼 대해주는 회사를 본 적도 들은 적도 없다.
만약 있었다면 직장살이의 서러움이라는 말이 떠돌지는 않았을
터. 보수 문제에서는 공과 사를 철저히 구별하여 원리원칙과 회사
방침을 내세우면서, 직장 분위기만 가족처럼 서로 사랑하고 용서

하고 이해하라는 어불성설에 장단을 맞추고 싶은 직원이 얼마나 있을까.

오래 계실 분을 찾는 고용주에게 묻고 싶다. 처음엔 누구나 당연히 오래 다닐 생각으로 직장을 찾는 것이 아니겠냐고. 어느 누가 단 한 달, 또는 몇 달 만에 그만 둘 직장을 찾겠는가 말이다. 서로가 맞지 않아 오래 못 있는 이유도 천차만별일 텐데 좋은 직장 또는 좋은 직원을 만난다는 것은 서로의 노력이 없이는 불가능한 일일 게다.

내가 직장을 찾을 때 가장 중요시했었던 건 연봉, 즉 돈이었다. 회계일은 회사의 규모에 따라 액수의 차이가 있을 뿐, 크게 보면 어느 회사나 하는 일이 비슷비슷하다. 내 위로는 사장님밖엔 없었기에 승진의 기회 같은 것은 안중에도 없었다. 인간관계는 차차 알아가면 되는 것이고, 출퇴근 길이 너무 멀면 회사 근처로 이사를 하면 되었기에 거리는 별문제가 되지 않았다. 결국은 나의 경력을 우대해주고, 그것을 돈의 가치로 인정해주는 직장을 찾기만 하면 되는 것이었다.

돈 문제 앞에서 고용주와 고용인 간의 팽팽한 신경전은 몇십 분 동안의 인터뷰를 끝으로 막이 내리곤 했다. 적어도 나는 이력서상에 경력을 뻥튀김 하여 좀더 나은 조건을 보장받고자 하는 일반 지원자들과는 달랐다. 금방 탄로날 거짓말은 하지 않았고 나를 고용함으로써 회사에 가져올 이익에 대해 자신 있게 설명하고 대답했던 것 같다. 간혹 내게 회계업무보다는 세일즈를 제안하기도 했었다. 그 이유는 내가 말을 조리 있고 재밌게 하며 사람을 끌어당기는 뭐가 있다나…. 하지만 나는 내가 잘할 수 있고 좋아하는 일에서 손을 놓지 않았다.

회계부장으로 근무하면서도 인사과 일에도 관여하여 참여를 많이 했었다. 예전에 나의 보조직원을 채용하려고 인터뷰할 때의 일이다. 얼굴에 꼭 합격을 하고 싶은 절실함이 보이는 25세 아가씨였다. 이력서상의 뻥튀긴 내용은 문제 삼지 않았다. 단지 한국에서 고등학교를 졸업했으니 계산 정도는 잘하겠다는 생각에 고용을 했다. 한국 고등학교가 상고와 인문계로 나뉜다는 것을 몰랐던 내 실수였다. 그녀가 인문계 출신인 것을 알게 된 순간부터 나의 고행은 시작되었다. 가르칠 것이 너무 많았다. 기초 영어부터 모든 사무직 업무까지…. 내가 품어주지 않으면 다른 데서는 직장을 찾기가 힘들 것이라는 무시무시한 믿음 때문에 난 열심히 가르치고 또 가르쳤다.

2년 정도를 그럭저럭 버티나 했는데 결국 이민법적 신분을 속인 것이 탄로나 해고되고 말았다. 그것도 내가 미연방 세무사 시험공부를 하면서 우연히 알게 된 사회보장제도번호에 대한 법규 때문에 발각이 된 것이다. 그때 깨달았다. 내가 아무리 헌신적으로 도우려 해도 안 되는 것은 안 된다는 것을… 처음엔 내게 거짓말을 한 그녀가 괘씸하기도 했지만 이내 불쌍한 마음으로 돌아섰다. 나 같은 직장상사를 만나지 않았다면 계속 일을 하고 있을지도 모르기 때문이다. 신분문제가 잘 해결되어 떳떳한 직장생활을 하기 바라는 마음뿐이다.

10개월 전에 남편을 만나 결혼할 때까지 나는 20여 년 동안 직장생활을 했었다. 늘 매니저 직분으로 근무를 했었고 하루하루가 어찌 가는지 모를 정도로 바빴다. 그런데 이 산동네로 막상 이사를 와보니 집 근처에는 다닐만한 직장이 아예 없었다. 눈을 씻고 봐도 그 흔한 무역회사 하나 없이 몇몇 큰 거리엔 온통 학원들뿐이다. 나이트클럽, 술집, 게임방, 노래방 등 유흥업소들이 없어서 학군이 좋은지도 모르겠지만 단순한 직장 찾기가 힘든 이 동네가 내 발목을 묶어놓고 있으니 나로선 좀 답답하기도 하다.

취미로(?) 읽기 시작한 구인광고들… 직장살이 당시의 서러움을 기억해내며 오늘도 나 자신을 위로해 본다. 초·중·고등학생 아이들이 3명이나 있기에 언제 어느 때 사건 사고가 발생할지 모르는 하루하루를 살고 있다. 아마도 당장은 주부 역할에 먼저 최선을 다하라는 신의 계시(?)인지도 모르겠다. 해도해도 끝이 없고 티도 안 나는 살림살이는 직장살이보다 더 등급이 낮고 금전적인 혜택을 가져다 주지는 못하지만 엄마로서, 아내로서 그만둘 수 없는 일이기도 하다.

　오늘따라 유난히 직장살이, 시집살이, 살림살이, 타향살이, 더부살이, 하루살이…. '~~살이'로 끝나는 단어들의 애가가 귓가에 맴돈다.

3

추억의 유효기간

언어장벽 허물기

　미국에서 오래 거주한 교포들이 한국에서 갓 이민 온 사람들한테 통상적으로 듣는 말이 있다. 나이에 비해 너무 순수하다는 것. 처음엔 그저 칭찬이겠거니 했는데 잘 생각해보면 정신연령이 어느 선에서 멈췄다는 뜻을 포함한 것 같기에 좋다고 웃을 수만은 없는 것 같다.

　이민 와서 두어 달 후부터 고등학교 9학년 생활이 시작되었다. 말하자면 2학년을 건너뛰어 한국의 중3인 셈이다. 중학교 1학년을 마치고 이민을 온 터라 영어는 기초밖엔 몰랐다. 대화수준 또한 왕초보였지만 ESL반에서는 나처럼 영어를 못하는 학생들이 대부분이었기에 다행히 주눅이 들거나 하진 않았다. ESL반에서는 동양 사람들 중 그나마 한국 학생들의 수준이 가장 높았던 것 같다.

수학시간에도 선생님의 말씀을 잘 알아듣지 못하는 대신 이미 한국에서 배운 문제들이 많아서 별로 어렵진 않았다. 영어가 서툰 학생들을 위해 수학선생님이 숙제를 칠판에 좀 적어주시면 좋으련만 꼭 받아쓰게 해서 긴장을 시키곤 했다. 그러던 어느 날이었다. "On page 10, do number 원투텐"이라고 하시기에 교과서 10쪽에 있는 1, 2, 10번 문제만 해오라는 줄로 알아들었다. 그런데 다음 날 가서보니 1 to 10, 즉 1부터 10까지의 열 문제를 다 하라는 말이었다. 'one to ten'을 'one, two, ten'으로 잘못 알아들었던 게다. 선생님이 숙제를 걷으시는 동안 얼른 7문제를 더 풀어서 고비를 넘기기는 했지만 이런 착각은 나 혼자만의 문제는 아닐 듯싶다.

어디 영어뿐이던가. 영어를 배우느라 정신없는 동안에 한국어와는 차츰 멀어져 갔다. 아빠가 직장에서 사고를 당하셔서 나를 데리고 미국인 의사한테 진료를 받으러 가셨을 때의 일이다. 아빠가 허리통증을 호소하시는데 갑자기 허리가 어디인지 헷갈리는 거다. "아빠! 허리가 어디예요?" "이놈이… 허리가 어딘지도 몰라?" 하시며 손으로 가리키셔서 back pain이라고 통역을 해드렸다. 여자의 '날씬한 허리'라는 말에 익숙했던 터라 남자는 허리가 없다고 생각을 했던 탓이었다.

그때 깨달았던 것 같다. 나는 노력형이지 타고난 천재형은 아니라는 것을…. 그날 일은 아빠의 기억속에서 잊혀지지 않는 황당한 에피소드로 남아있다.

미서부 또는 남가주에서 거주하는 사람들은 중부나 동부 사람들의 영어발음을 재밌어 한다. 동부와 서부가 만나면 서로의 발음과 억양을 사투리라고 우기기도 한다. 이런 현상은 미국과 영국이 만났을 때에도 마찬가지로 일어난다. 미국인들은 영국인들의 발음을 두고 왈가왈부 할 자격이 없다고 생각한다. 결국 북미에서 우리가 사용하는 것은 'American Language'(미국어)가 아닌 'English'(영국어)이기 때문이다. 한국 사람들이 아무리 영어를 유창하게 해도 미국인 부모 슬하에서 태어나 미국 문화 속에서 자란 사람들과의 차이는 있게 마련이다. 속어가 다수 포함된 생활 유머 앞에서 쉽게 웃지 못하는 것이 단적인 예이다.

언어소통은 잘 안 되지만 한국인들이 문법에는 강하다는 것을 아는 사람들은 다 안다. 대화소통이 잘 안 되는 이유는 연습부족이 가장 큰 비중을 차지할 게다. 무조건 길게 말을 해야 영어를 잘한다고 잘못 생각하는 사람들도 있다. 아예 꼭 필요한 단어 몇 개만 말하는 것이 더 효율적으로 의사전달이 될 수 있는 데도 말이다. 가장 중요한 것이 발음과 억양인 만큼 조금만 더 입모양에 신경을 쓰고 인터넷 무료사전을 통해 발음을 들어보는 것도 좋은 방법일 듯하다.

　미국에서 얼마나 살아야 영어를 잘하냐는 질문을 많이 받는다. 그런 질문에 난감해진다. 피아노를 얼마나 오랫동안 배워야 프로가 되느냐는 것처럼…. 모든 것이 다 스스로 노력한 만큼 얻게 되는 것 아니겠는가. 영어도 잘하고 한국어도 잘하면 금상첨화이겠지만, 영어와 한국어 두 가지 모두가 제대로 안 되는 이민자들이 얼마나 많은지 모른다. 노력은 할 수도, 안할 수도, 못할 수도, 하다가 포기할 수도 있는 것. 본인의 선택에 따라 결과가 달라지는 게 아닐까.

　한국인들은 너무 진지하고 유머 감각이 없어서 다가가기 힘들다는 말을 외국인들에게서 많이 들었다. 그들에게 일일이 한국의 풍습과 문화 자체가 그래서 그런다고 이해시키기엔 역부족이다. 그보다는 미국에서 수많은 인종과 더불어 살기 위해 내 앞을 막고 있는 장벽을 스스로 허물고 넘어서는 용기가 필요할 것 같다.

　언어의 장벽이 높다하여 고개 들어 한숨만 쉬지 말고 미소로 허무는 연습을 해보는 것은 어떨까. 따뜻한 태양이 나그네의 외투를 벗기듯이 미소는 상대방이 대화의 창을 활짝 열도록 사다리 역할을 해줄 터이니 말이다.

추억의 유효기간

비 오는 날이면 사람들은 옛 추억을 떠올린다. 하얀 종이를 보면 무언가를 쓰고 싶은 충동이 생기는 것처럼, 가느다란 빗줄기들을 배경으로 그려보고픈 추억의 그림들이 너무 많아서일까. 통통, 툭툭, 타다닥…. 빗방울들이 삼삼오오 줄을 지어 지붕, 차, 창문, 길바닥에 힘껏 부딪는 순간 내지르는 소리다. 그 소리 한 번 내려고 높은 공중에서 떨어져 강물로, 바다로 흘러내려 가버리지만 언젠가는 다시 빗방울이 되어 돌아올 것을 알아서일까. 빗소리에 매료된 귀는 즐겁다. 그 시간 향기로운 냄새로 코를 자극하는 커피 한 잔 마실 때만큼은 여유롭게 추억에 잠겨보고 싶다.

그 추억의 유효기간은 얼마나 될까? 잊을 수 없는 추억을 간직한 사람은 호흡이 끝날 때까지 함께 한다고 생각해 보면, 추억과 나는 하나인 셈이다. 결국 나는 걸어 다니는 추억생산기가 아닌가. 억지로 일을 만들어 내려 한다면 추억의 가치는 바닥으로 떨어질 터. 그래서 좋은 뿌리는 좋은 열매를 맺는다는 순리를 바탕으로 언제 어떤 상황을 맞아도 거슬리지 않도록 살아야 하겠다고 마음속에 다짐을 해본다.

미국생활이 아무리 오래 되어도 꿈을 꾸면 나는 늘 한국에서 살던 옛집 앞에서 놀고 있는 어린꼬마로 등장하곤 했다. 아빠가 집 앞에 만들어 놓은 커다란 마루엔 늘 동네사람들로 붐볐다. 바쁜 생활 속에 살아가는 이들에게 이 마루는 추억쌓기 역할을 잘해 내 주었다. 안방 창문을 통해 뻥튀기 할아버지의 움직임을 관찰하다가 "뻥이요" 하는 소리가 들리면 냅다 양쪽 귀를 두 손으로 막고 눈을 꼭 감았다.

흰 머리 아래로 내보이는 긴 주름살이 트레이드마크였던 뻥튀기 할아버지. 귀덮개처럼 생긴 모자를 푹 눌러썼건만, 뻥튀기가 터져 나온다는 신호를 보낼 때마다 그 또한 눈을 질근 감곤 했다. 삐져나온 흰 머리 아래 눈언저리로 여느 사람들보다 더 깊게 패였던 그 주름살은 습관성의 결과였으리라. 무더운 여름날 할아버지표 뻥튀기 맛은 그가 흘린 땀방울 양만큼 짭짤했던 건 아닌지 모르겠다. 아쉬워라. 그려놓지 않은 풍경화들.

그 사거리엔 커다란 버드나무 한 그루도 딱 버티고 있었다. 볼

품없어 낮엔 신경도 쓰지 않던 나무였다. 하지만 오밤중에 언니들이 길 건너 제과점으로 심부름이라도 시킬 때면 제일 먼저 떠오르던 시커먼 밤하늘 아래의 무시시한 버드나무. 달빛에 비친 버드나무 가지들이 나를 향해 어서 오라고 수십 개의 손을 흔들어대면 어찌나 무섭던지. "엄마야~!"하고 소리를 지르며 냅다 뛰어오곤 했다. 내 친언니들이 맞나 싶을 정도로 밤중엔 거의 나한테만 심부름을 시켰다. 아마도 내가 말을 잘 들어서 시켰다고 할 게 뻔하다.

집 앞 사거리는 학교의 방침인 일요일 아침 동네 새마을 청소구역으로 지정되어 있었다. 엄밀히 말하면 우리 집 앞을 쓱쓱싹싹 깨끗이 쓸어주는 행사였다. 그 당시엔 왜 그리도 쓸고 닦는 일을 학생들한테 많이 시켰는지 모르겠다. 청소는 매일, 목욕탕은 가끔 가는 비논리적인 문화였다.

아빠만 보면 늘 "아빠 10원만!" 하는 딸들을 위해 아빠는 구멍가게에 외상장부를 만들어 두셨다. 우린 무조건 가서 먹고 싶은 것을 집어 들고 나오면 되는 거였다. 딸들을 위해 나름 편의를 봐주려고 하신 방법이었는데도 불구하고 나는 "아빠한테 용돈 받아본 기억이 거의 없다"고 너스레를 떨었다. 군것질을 돈이 없어도 할 수 있게 해주셨는데도, 용돈 안 받은 것만 생각하는 철부지 딸이었다. 부모 마음을 이해하려면 자식을 낳아 키워보라고들 하지만 더 정확히 말한다면 나 같은 아이를 낳아 키우는 것이라고 해야 할 거다.

1988년 8월 8일 아침 8시에 김포공항 잔디에 있는 공항 탑에서 다시 만나자고 약속을 했던 절친 친구가 있었다. 하지만 그 약속을 내가 지키지 못했다. 인터넷시대에 만났다면 좋았을 것을…. 수년전부터 수소문을 해보았지만 결국 찾지 못한 것을 보면 그 친구는 아날로그 세대에 머물러 사는가보다. 그 친구만 있다면 나의 추억나무에 가지가 붙고 꽃이 피어 우린 그저 새처럼 종알종알 지저귀면 될 터인데…. 추억을 되살리려면 그때 등장인물만큼 좋은 배우는 없다. 대본도, 리허설도 없이 실화를 현실감 있게 살려내기만 하면 될 터이니까 말이다.

25년 만에 다시 밟은 한국 땅은 너무나 낯설었다. 내가 놀던 집 앞 사거리는 온데간데없고, 흙땅이 아닌 시멘트로 전부 뒤덮여 있었다. 시멘트 밑에 깔려 숨도 제대로 쉬지 못하는, 내가 밟고 뛰어놀던 흙내음이 너무 그리웠다. 어딘가엔 남아있을지도 모르는 내 흔적을 가리고 있는 딱딱한 시멘트바닥이 야속했다. 구슬치기하려고 여기저기 파놓았던 주먹만한 작은 구덩이들의 위치조차 파악해 보지 못한 채 미국으로 다시 돌아왔다.

그 후로 꿈속에선 더 이상 어린 시절에 놀던 추억의 사거리는 보이지 않는다. 꿈속에서 더 이상 어린 시절의 내 모습을 볼 수 없게 되어 처음엔 여간 섭섭한 게 아니었다. 하지만 나의 어린 시절을 꿈속에서만 추억할 필요는 없다는 사실을 우연히 깨달았다. 오늘처럼 비 오는 날에.

추억이라는 과거가 없다면 지금의 나 역시 존재하지 않았겠지. 그래, 또 다시 걷는 거야. 기억속 추억을 회상하면서. 그리고 앞으로 다가올 추억을 맞이할 준비를 하면서. 추억의 유효기간이 떠올려지는 그날까지.

위대한 이름

4년 동안 고등학교를 다니는 동안 매 학기가 시작될 때마다 치렀던 홍역 같은 일이 있다. 키순서로 자리를 배치하는 한국과는 달리, 여기는 last name(성)의 알파벳 순서대로 앉게 했다. 난 그게 늘 불만이고 싫었다. 나의 성을 영문으로 쓰면 'Yi'였기에 매 학기가 시작되는 등교 첫날엔 예외 없이 거의 맨 마지막 순서까지 서서 기다려야 했다. 먼저 선택된 자들은 마지막까지 남은 자의 슬픔을 모를 것이다. 선생님한테 호명된 후 내 앞을 지나가며 씨익~웃는 모습마저 부러웠다면 이해가 되는지 모르겠다.

'이'씨 성이면 보통 'Lee'를 많이 사용하는데 왜 'Yi'로 선택을 해서 고등학교 4년 내내 뻘쯤하게 만드는가 말이다. 아빠한테 여쭤보니 나름대로 이유가 있으셨다. 전주 이씨는 Lee가 아닌 Yi로

써야 한다는 지인의 말을 들으셨던 게다. 물론 어린 우리에겐 타당성이 없었지만…. 전주 이씨 덕천군파 19대손이기도 하면서 4대독자 외아들이신 아빠는 많은 일꾼들을 거느린 집에서 도련님이라고 불리우며 자라셨다고 한다. 요즘 세상에선 이씨 성을 가진 사람들 이외엔 별로 알아주지 않는 이씨 왕족의 자손이라는 것에 늘 큰 자부심을 갖고 사신 분이다. 따라서 아빠에게는 영어 스펠링조차 심사숙고할 일이셨던 게다.

고등학교 때 ESL을 담당하셨던 Mr. Hartnell 선생님께서 나와 작은언니에게 영어 이름을 지어 주셨다. 내 이름은 발음할 때는 영어로, 쓸 때는 스페인어로 쓰는 희귀함이 있다. 이민생활 30년이 넘어도 나와 똑같은 영어이름을 가진 한국여성을 본 적이 없을 정도이다. 이름 때문에 주위 사람들로부터 남미에서 살다 왔냐는 질문을 많이 받았다. 이름에 구색을 맞추려는 듯 나는 제2국어로 스페인어를 택해 열심히 배웠다.(미국에선 영어가 모국어이다.) 스페니쉬 이름 때문에 남미 사람들과 친해지는데 별로 긴 시간이 필요치 않게 된 것을 감사하게 생각한다.

대학교나 공공기관에서 등록 또는 접수를 해야 할 때 last name으로 나뉘어 줄을 설 때면 고등학교 때와는 달리 너무 좋았었다. 'Y'자 근처엔 사람들이 몰리지 않는다는 장점 때문이다. 대학교는 강의실 내에선 아무 데나 원하는 곳에 앉을 수 있다는 편리함이 있었다. 성인이니까 성인대접을 해주는 것 같았다. 고등학교 때의 한을 풀려는 듯, 나는 늘 교수님을 가장 가까이서 볼 수 있는 맨 앞자리를 택해 수업을 들었다. 수많은 학생들의 머리 스타일이나 옷차림을 감상하면서 딴생각을 하지 않아도 되고, 교수님의 강의를 집중해서 들을 수 있는 앞자리가 난 정말 좋았다. 늘 긴장을 풀지 않게 되는 앞자리 선택은 생산적이고 효율적 이었다.

한 사람의 이름을 부르려면 일곱 명 모두의 이름을 줄줄이 불러야 하는 연세가 되신 부모님. 언제부턴가 이름이 아닌 번호로 우리를 기억하신다. 첫째냐? 둘째니? 셋째구나, 넷째는? 다섯째, 여섯째, 막내(일곱째)… 다들 아니라고 손사래를 쳐도 부모님께는 일곱 딸들의 목소리가 다 똑같이 들린다고 하신다. 자식을 둔 엄마들이 되었으니 이름보다는 번호로 인식되는 것도 괜찮은 방법인 듯 싶다.

텍사스에서 7여 년간 거주했던 작은언니는 만나는 사람들마다 묻는 가족사항에 일일이 대꾸하기 귀찮아서 수년 동안 외동딸로 살았다고 한다. 부모님이 들으시면 섭섭해 하실지도 모르겠지만 어느 정도 이해되는 부분이다. 생각 없이 사실대로 대답했다간 왜 딸만 일곱 명이나 낳게 되었는지부터 나이, 직업, 이름 질문이 줄을 잇기 때문이다. 더 곤혹스러운 것은 같은 사람이 같은 질문을 한 번 이상씩 한다는 것이다. 임산부라면 출산 예정일만 반복해서 대답해주면 되었겠지만 가족사항은 그리 간단한 문제가 아니었던 게다.

한국 어른들을 만나면 한결같이 부친 존함이 어떻게 되시냐고 물어 오신다. 혹시라도 지인, 유명한 사람, 정치인, 또는 가문 대대로 내려오는 철천지 원수가 아닐까 싶어서 물어보시는 것 같다. 단 한 번도 우리 아버지 성함이 왜 궁금하시냐고 물어본 적이 없기에 혼자 상상해 보는 거다.

내가 '이'씨 성을 갖고 태어났으니 조상은 나의 선택이 아니었다. 또한 부모님도 내가 선택한 분들이 아니었다. 내가 우리 부모님의 셋째딸로 태어날 확률도 엄청났을 것 같다. 내가 누구인지 가장 정확하게 알려줄 수 있는 이름. 이름뿐 아니라 어떤 사람으로 살다 갔는지 기억되어지길 바라는 건 나뿐만이 아니리라.

한국 남자 외국 남자

오랜만에 사장님이 회식을 하자고 했다. 술을 마시면 사장님이 제일 먼저 정신줄을 놓기 때문에 뒷치닥거리를 해야 하는 한국직원들은 꺼려하는 회식이었다. 술이 없는 장소로 정하려고 노력을 했지만 유난히 코리안 바베큐를 좋아하는 외국인 직원들로 인해 한국식당으로 정해졌다. 정말 눈치코치 없는 사람들이다. 외국인 직원들은 한국 사람들이 매일 갈비나 불고기를 먹고 사는 줄 안다. 육류가 빠지지 않는 식사를 하는 사람들이기에 어쩌면 그렇게 생각하는 것이 당연할 수도 있겠지만….

식사를 하다가 '여자의 마음을 사로잡는 법'에 대한 얘기가 화제의 도마 위로 올랐다. 세일즈맨인 파란 눈의 Mike가 자신의 얘기를 꺼냈다. 유럽에 일이 있어 몇 달 동안 가게 되었는데, 그동안 그의 아내는 오레곤 주에 있는 친정에 머물고 있었다고 한다. 그러던 어느 날 아내로부터 "너무 따분하고 심심하다"라는 이메일을 받고는 직장상사에게 "다녀와서 일을 곱절로 할 테니까 지금은 내 와이프한테 2주 동안 다녀와야겠다."라고 통보를 하고 4일 만에 와이프한테 갔다고 했다. 부탁이나 사정이 아니라 통보였다는 말에 다들 놀라는 표정을 지었다. 물론 Mike의 와이프는 놀랐고, 기뻤고, 남편의 사랑을 다시 확인할 수 있었을 것이다.

애처가로 소문난 Mike의 이야기에 여자직원들은 하나같이 "세상에 저런 남자가 정말 또 있을까?"라며 감동에 휩싸였다. 세상 어느 아내가 그런 남편을 존경하고 존중하기를 마다하겠는가. 남자는 무조건 예쁜 여자만 좋아한다는 말은 한국 남자에게만 존재하는 것처럼 느껴졌다. 우리 회사 외국인 남자 직원들의 아내나 여자 친구들은 같은 여자들이 봐도 미인은 아니었기 때문이다. 그녀들은 틀림없이 겉으로는 드러나지 않는 치명적인 매력이 있었을 것이다.

그런데 재밌는 건 Mike의 이야기를 듣는 한국 남자들의 도저히 이해가 되지 않는다는 표정들이었다. 일이 먼저냐, 가정이 먼저냐를 두고 엇갈린 견해 차이가 생긴 것이다. "Mike는 그렇게 해도 되는 직급이었나 보죠?" 위로랍시고 하는 새내기 직원의 말에, "게다가 Mike 와이프는 군의관이잖아요. 돈 잘 버니까…"라며 한국남자 직원 A군이 맞장구를 쳤다. A군은 한국 여자 직원들의 눈총이 따가웠는지 다들 건배하자고 말꼬리를 돌렸다.

식사 중에 새로 입사한 여직원한테 전화가 걸려왔다. 회식장소로 오는 도중에 갑자기 차가 고장 났는데 남편한테 연락이 안 되어서 견인차를 기다리고 있으니 불참하는 것으로 알라고 했다. 전화를 끊고 다들 걱정스런 말을 한마디씩 했지만 선뜻 나서서 가보겠다는 사람은 아무도 없었다. 유부녀와 아가씨의 차이가 이런 데서 나는 것 같다는 생각이 들었다.

내가 한국남자 직원들한테 물었다. 만약 내 아내가 이런 경우에 처한다면 어떻게 할 건지 궁금하다고. 여러 가지 대답을 세 가지로 줄여보면 다음과 같다.

1. 견인차를 부르라고 하거나 불러준다.(난 가기 싫어.)

2. 바쁘니까 알아서 하라고 한다.(가기 싫다니까!)

3. 화난 척 한다.(가기 싫다고!!!)

이 말을 들은 외국 동료들은 의아해 했지만, 난 웃으면서 그들에게 "한국 남편들이 그래서 아내한테 좋은 차를 사주는 거야."라고 편들어 줄 수밖에 없었다. 그렇게 해서라도 한국인 남편들의 어깨에 힘을 실어주고 싶었던 것 같다.

한국 남자에 대해 이야기할 때는 듣기 민망할 정도로 비하시키는 부분이 많다. 유교사상에서 비롯된 문화와 성격이 아니겠는가.

미국문화에 덜 적응이 된 상태에서 보여지는 말, 행동으로 인해 비웃음의 대상이 되곤 하는 우리나라 남자들이 가끔 불쌍해지기도 한다. 애정표현은 상스런 짓이라고? 그런 케케묵은 생각은 버려야 할 게다. 요즘 세대들은 애정표현에 있어서만은 국가대표감이 되었다. 그만큼 생각이 많이 바뀐 것이다.

한국 남자, 외국 남자… 크게 다를 게 뭐가 있겠나마는 난 그래도 한국 남자가 좋다. 같은 문화권에서 성장했다는 이유 하나만으로도 50%는 알고 시작하는 특혜가 주어지지 않는가.

우리 결혼했어요

이 남자와의 결혼이 꺼려지는 이유…. 초등학생 아이들이 셋이나 있다. 내가 바라던 무역업 관련 직업과는 무관하다. 30년이나 살던 정든 동네, 가족, 친구들을 떠나 2시간이나 떨어진 산동네로 이사를 해야 한다. 그동안 내가 쌓은 커리어를 뒤로 하고 집에서 아이들 키우는 데만 온 신경을 쏟아야 한다. 이 남자는 인생의 절반 이상을 미국에서 살았지만 마치 어제 갓 이민 온 사람처럼 완전 한국식이다. 결혼과 동시에 다섯 식구가 되어버려 단 둘이서 오손도손 알콩달콩 살고 싶은 꿈을 이룰 수가 없다. 삶의 방식과 성격이 나와는 너무 다르고, 상식의 기준도 너무 다르다….

이 남자와 결혼하고 싶은 이유…. 내가 오랫동안 기도해 오던 남편의 조건 3가지를 충족시켰다. 직업이 있는 사람, 영주권이 있는 사람, 그리고 하나님을 믿는 사람. 주위에선 너무 욕심 없는 조건이라고들 했지만 내겐 그보다 더 중요한 조건은 없었다.

아이(들)는 내 미래의 결혼관련 기도제목엔 없었다. 이럴 줄 알았으면 좀 더 구체적으로 기도제목을 구상할 걸 하는 후회도 잠깐 되었지만, 데이트를 시작한 지 1주 만에 눈도장을 찍기 시작한 아이들을 보면서 생각이 바뀌었다. 엄마의 사랑이 절실히 필요한 올망졸망한 아이들이 나를 이모라고 부르며 달려와 안기는 순간 책임감 같은 게 생겨져 버렸다고 해야 할까….

첫 만남이 있던 날 그는 지각을 했다. 차가 많이 밀려 늦어진다는 전화도 약속시간이 20분이나 지난 후에야 했다. 10분만 더 기다리다 일어서려고 마음먹고 있었는데 그가 허겁지겁 레스토랑 안으로 들어서더니 나를 알아보고 방실방실 웃으며 다가왔다.

테이블에 마주보고 앉아 5분도 안되어 느낀 점? 제대로 된 데이트를 해본 적이 없는 티가 팡팡 나는 아저씨! 닳을 대로 닳은 속물들과는 전혀 다른 순수함마저 정겨워 보이게 하는 사람이었다. 나에게 동사무소 직원이나 형사처럼 개인정보를 꼬치꼬치 캐묻는 대신에 묻지도 않은 본인에 대한 이야기를 줄줄이 늘어놓는 모습이 인상적이었다. 나름대로 서먹해질 수 있는 순간을 이야기로 메꾸려 했던 그의 노력이었던 게다.

연신 미소를 지으며 내게 계속 이야기를 하고 있는 그에게 막

구워 나온 프렌치 롤에 버터를 발라서 먹으라고 내밀었다. 태어나서 자기 엄마 이외엔 처음이라고 했다. 감격스런 표정으로 빵을 받아먹는 그의 말이 진짜인지 아닌지 확실친 않았지만 그냥 믿고 싶었다. 그의 얘기를 듣고만 있기에 어색해서 했던 나의 행동에 감동을 하다니…. 하긴 나는 누구에게도 음식을 덜어주거나 챙겨주는 사람은 아니었다. 가족이나 친구들에게도 그래 본 적이 없다. 남편이 되려는 운명이었나 보다. 내 손으로 처음 만난 사람에게 이유야 어떻든 간에 빵을 다 건네주다니.

만난 지 3개월 만에 결혼을 결정했다. 불혹의 나이를 넘어선 중년의 남녀에게 오랜 데이트 기간은 별 의미가 없었기에 서둘러 결정을 했다. 막상 결정을 하고나자 여자의 마음은 갈대라더니…. 왜 도망가고 싶은 마음이 매일 드는지 정말 머리가 복잡했다. 현실로 돌아와 보니 걱정되는 게 한두 가지가 아니었다. 직장에 사표도 내야 하고, 이사도 해야 하고, 신혼살림도 전부 다 새것으로 구입해야 하고, 함께 살 집도 찾아야 하고, 아이들 학교 문제 등등…. 생각만 해도 머리가 지끈거렸다.

그동안은 내가 하기 싫거나 귀찮은 일쯤은 작은언니나 동생들에게 부탁을 하거나 떠맡길 수가 있었다. 인륜지대사인 결혼만큼은 누가 대신 해줄 수가 없는 일이었지만 자질구레한 일들까지 신경 쓸 일이 너무 많았다. 언니와 동생들에게 도움을 요청하기엔 거리상 너무 멀었기에 빨리 해 치우고 싶은 마음만 간절했다. 결혼식이 있던 며칠 전부터 온몸에 붉은 반점이 퍼졌을 정도로 신경이 예민했지만 만난 지 4개월 만에 올린 조촐한 결혼식은 가족과 가까운 지인들의 축하를 받으면서 잘 치러졌다.

상상 속의 결혼생활과 현실의 차이는 엄청났다. 하지만 어차피 내가 사는 곳은 환상 속이 아니라 현실 속이기에 겸허하게 받아들이련다. 수많은 갈등 후에 도착한 곳이라 그런지 새 가족이 아니라 이미 오래 전부터 함께 지내온 것처럼 친근하다.

나는 별로 보여줄 것도 없으면서 상대방의 조건만 따지려 드는 요즘 세상에 내가 찾은 내 인생의 동반자는 세상을 떠나는 날까지 함께 해야 할 소중한 사람이다. 누군가 나에게 물을 것이다. 어떤 점이 마음에 들어서 지금의 남편을 선택했냐고. 난 당당히 말할 것이다. 이 사람이 아니면 안 될 것 같아서 그랬다고.

새로운 고민을 시작해야 할 것 같다. 어떤 부위를 먼저 3년 동안 막을 것인지를… 입? 눈? 귀? 갑자기 헬렌 켈러가 왜 떠오르는지….

최고의 친구

미국으로 이민 온 지 20년 만에 처음으로 작은언니와 한국을 방문했다. 부모님 댁에서 지내는 동안 엄마의 도움으로 초등학교 친구 두 명과 연락이 닿았다. 지방으로 이사간 지 오래 됐다지만 내가 왔다는 소식에 다음날로 달려와 주었다. 이들은 남자요, 나와 어렸을 때 딱지와 구슬을 놓고 경쟁하던 친구들이었다. 어린 시절에 언니와 동생들이 소꿉장난, 고무줄, 인형놀이 등을 하는 동안 나는 딱지치기, 구슬치기, 배드민턴 등을 하며 노는 것을 더 좋아했었다.

'20년 만에 만나게 돼서 어색하지 않을까'라는 걱정은 차에서 내리는 친구들의 얼굴을 보자마자 까맣게 사라졌다. 체격도 아저씨들처럼 두루뭉수리 해졌고, 얼굴엔 주름도 보이긴 했지만 웃는 모습과 말투는 옛날 그대로였다. 친구들도 내게 "너 옛날 그대로 야~"라며 농담도 해주었다. 어린 시절 친구라고 서로 반말을 하며 장난도 치고 손을 꼭 붙잡고 다니다보니 옛날 생각이 많이 떠올라서 함께 다니는 동안 웃음이 끊이질 않았다.

친구들이 서로 앞 다투어 소개하는 맛집도 여러 군데 갔었고, 영화관람, 옷 쇼핑, 통일전망대, 한강 유람선을 타며 사진도 많이 찍고 재미삼아 기념품도 골라보는 등 동심의 세계를 만끽했다. 미국으로 돌아온 후 두 친구들과 가끔 이메일로 연락을 주고받긴 했지만 오래 가지 않았다. 아쉽게도 머나먼 거리가 우정을 오랫동안 유지시키기엔 역부족인 것 같다. 슬픈 일이다.

나는 한국 친구가 별로 없었다. 고등학교 다닐 때 한국 학생들도 몇 없었지만 그나마 동창생은 한국 남자 세 명이 전부였다. 그들과 처음엔 같은 ESL반에서 친하게 지냈는데 내가 외국 친구들하고 어울린다는 이유로 나를 왕따시켰다. 요즘처럼 괴롭힘을 당하는 왕따는 아니었다. 다만 나와 말하지 말라는 박모 군의 명령(?)에 다른 순진한 두 친구들이 복종을 한 것이다. 고등학교 4년 동안 그들은 날 의식하며 학창시절을 보냈겠지만 난 전혀 개의치 않았다. 아니 수많은 친구들에 둘러싸여 그들이 눈에 들어올 틈이 없었다고 해야 맞을 게다.

고등학교 졸업식 날엔 박모 군이 먼저 와서 내게 악수를 청하며 그동안 미안했다고 사과를 했다. 그 광경을 보신 우리 아빠가 "그 놈 참 멋있네."라고 하셨다. 물론 아빠는 전후사정을 전혀 모르고 하신 말씀이다. 태권도 유단자답게 박모 군은 고등학교 시절 자신이 만들었던 어두운 추억을 멋진 마무리로 승화시킨 것이다.

고교 동창 세 명 중 제일 소심했던 문모 군은 대학교 졸업 후에 대기업 간부의 딸과 결혼해서 잘 산다는 소식만 들었다. 그러던 어느 날, 미용실에서 돈을 지불하려고 카운터에 서있는데 문모 군이 와이프와 세 살쯤 된 아들과 함께 미용실로 들어왔다. 나 같으면 친구에게 와이프 소개도 하고 아들 자랑도 했을 텐데 전혀 나를 모르는 척했다. 고등학교 졸업한 지가 언젠데 아직도 저럴까… 그의 와이프는 얼굴이 수건으로 덮인 채 머리를 싱크대 위에 대고 누워있었고, 문모 군은 한쪽 무릎을 꿇고 앉아 미용의자 위에 앉아 우는 아들을 달래는 척 했다. 미용실을 나서면서 나를 끝까지 모른 척하는 괘씸한 그의 다리를 힘껏 차버렸다. "읔!"하고 작은 비명을 지르면서도 아무 말 못하던 문모 군이 불쌍해 보이기까지 했다. 얼마나 눈치를 보고 살면 고교동창도 모르는 척할까. 그게 아니라면, 아직도 박모 군의 그늘에서 혼자만 벗어나지 못하고 사는 것은 아닐까?

박모 군과 문모 군과는 고등학교 졸업과 동시에 연락이 완전히 두절된 상태이지만 피터와는 아직도 가끔씩 안부를 주고받고 있다. 고등학교 시절에 내게 했던 철없는 행동이 미안해서였는지는 몰라도 내가 도움이 필요할 땐 두말 않고 달려와서 도와주곤 했다. 피터는 미국에 초등학교 때 이민을 와서 한국말도 완벽하게 구사하지 못하는 친구이지만, 요즘엔 독도는 우리 땅이라는 사실을 알리는데 앞장서며 백악관에 등록해서 투표하라고 열을 올리기도 한다. 앞으로도 오랫동안 피터와는 연락을 끊지 않고 지내게 될 것 같다.

결혼을 하고보니 남편이라는 든든한 나무와 같은 최고의 친구가 생겼다. 남편은 내가 외롭지 않게 늘 나와 함께 지낼 것이고, 내가 수다 떨고 싶을 때 귀를 기울여주고, 기쁠 때 함께 웃어주고, 슬퍼 울 때엔 어깨를 대어줄 것이며, 어려움이 생기면 앞장서 일을 해결해 주고, 누가 뭐라고 해도 무조건 내 편이 되어줄 것을 알기에 나는 행복하다. 이 최고의 친구를 위해 내가 해줄 수 있는 것이 무엇일까 고민할 필요도 없을 것 같다. 내가 받고 싶은 것을 그대로 먼저 행하면 될 테니까.

호칭

　나는 아직도 한국에 계신 부모님께 전화를 드릴 때면 "아바지 동무~!" "오마니~!"라고 부르며 반가이 인사를 한다. 칠순이 넘으신 부모님한테 불혹을 넘긴 딸이 장난을 친다고 생각할 수도 있겠지만 막상 부모님께서는 재밌어 하시니 멈출 생각은 없다. 더 솔직히 말한다면 "아빠, 엄마~"라고 부르려는 순간 코끝이 찡해 오는 느낌이 들기에 애써 장난을 치려는 것이다. 늘 걱정이 많으신 부모님께 내가 할 수 있는 일은 재밌게 통화함으로써 걱정 뚝, 웃음왕창 드리는 일뿐.

　대가족의 셋째로 태어난 나에게 막내라는 호칭이 생긴 건 7남매 중 막내아들과 결혼하면서부터이다. 내게 막내며느리, 막내동서, 막내 제수씨, 막내 숙모라는 호칭이 생겼을 땐 뭐랄까….

아랫사람이 없다는 자유함과 실수를 해도 용납이 되는 자격이 생긴 듯 기뻤다.

남편의 제일 맏형님은 우리 친정아버지와 연세도 비슷하셨고, 시부모님을 비롯하여 위로 형님 몇 분은 이미 돌아가셨기 때문에 만나 뵙지 못한 것에 대한 아쉬움도 크다. 남편이 "우리 부모님이 살아 계셨으면 막내며느리 애교에 다 넘어 가셨을 텐데…"라고 할 땐 그리움이 더욱 절실해진다.

처음으로 넷째 아주버니 부부께 아주버니와 형님이라는 호칭으로 부르려니까 너무 어색해서 입이 잘 떨어지지 않았었다. 왜 남자한테는 '아주머니'와 비슷한 발음인 '아주버니'라고 불러야 하고, 아주버니의 아내에겐 남자한테 사용하는 '형님'이란 호칭을 써야 하는지 모를 일이다. 내가 마치 조폭을 상징하는 깍두기가 된 듯한 느낌도 들고…. 얼마 전에 나보다 열두 살 위의 시누이한테 성탄절 카드를 보내는데 호칭을 뭐라고 해야 하는지 고민고민하다가 '사랑하는 시누이님'이라고 써 보냈다. 나중에 남편한테 말했다가 그의 낄낄거림을 보고 틀렸다는 확신이 들었지만 버스는 이미 떠난 후….

우리나라 사람들은 아무한테나 어머님, 아버님, 이모, 언니, 오빠라고 부르는 것을 볼 수 있는데 나한테는 약간 닭살이 돋게 하는 호칭이다. 날 알지도 못하는 사람들이 나를 '언니'라고 부르는 게 여간 어색하지가 않다. 친 여동생들이 너무 많아서 언니라는 호칭이 신선하게 들리지 않아서 그런 것 같다. 이름 뒤에 '님'을 붙여서 '○○○님!'이라고 부르는 것 또한 적응이 잘 되진 않지만 생판 모르는 남이 나를 가족처럼 부르는 것보단 듣기 편한 것 같다.

한국도 마찬가지겠지만 미국에선 자영업을 하는 한국인들이 많다. 그로 인해 사장님들이 넘쳐나고 있고, 너도 나도 사장 명함을 내밀고 있는 실정이다. 게다가 가게를 한 채 이상 소유하기 시작하면 회장님이라고 불리우니 너도 나도 만나면 사장이요 회장인 시대에 살고 있다.

내가 근무했던 지상사의 과장님은 차장으로 진급한 후에 우리가 실수로 "과장님~"이라고 부르면 아예 대꾸도 안하는 적도 있었다. 수년 동안 입에 붙은 호칭이 하루아침에 갑자기 바뀌지 않아서 그랬던 것인데 그분은 내심 섭섭했던 모양이다. 그때는 '호칭 따위가 뭐라고…' 라고 생각하곤 했었는데 오랜 사회생활을 하다 보니 얼추 이해가 갔다.

대학에서 국문학을 전공하신 직장 상사의 말씀이 "원래는 사장님의 아내를 사모님이라고 부르지 않는다."고 했다. "오로지 나를 가르치신 스승님의 부인되시는 분께만 사모님이라는 호칭을 사용할 수 있다."고도 덧붙였다. 그 말이 진실이라면 많은 사람들이 호칭을 잘못 사용하고 있는 것임이 분명하다. 호칭도 유행 따라 바뀌는 것이 아니라면 말이다.

어느 한인부동산 회사에선 직원들끼리 서로 '선생님'이라는 존칭을 쓰는 것을 보았다. 나이가 얼마 되지 않은 어린 직원들도 서로 선생님, 선생님 하며 부르는 것을 보았을 땐 어이가 없었다. 서로를 존중하라고 만든 회사규칙일지는 몰라도 내 귀엔 듣기 부자연스러울 뿐이었다. 너무 흔하게 사용되어 '선생님'이라는 단어의 의미가 퇴색되지 않았으면 좋겠다.

누가 나를 뭐라고 부르는 게 중요한 것이 아니라 내가 어떤 사람으로 살아가고 또 기억되는지가 더 중요한 것이 아니겠는가.

나 홀로 여행

　남편이 아이들을 데리고 남미 선교를 가는 바람에 나 혼자 집에 남겨졌다. 빈집에 홀로 남겨졌다는 생각을 하니 마음이 편치 않았다. 궁여지책으로 테이블 위에 놓여있던 신문광고를 뒤적이다가 곧바로 여행사에 전화를 해서 라플린-그랜드케년-라스베가스를 경유하는 2박 3일 관광 패키지를 예약했다.

　다음날 아침 일찍 일어나 여행사에서 알려준 대로 GG 그랜드 호텔 앞으로 갔다. 엘에이에서 관광버스가 제시간에 출발했지만 다른 두 장소에서 여행객들을 추가로 태우러 가느라 거의 반나절 이상을 길에서 허비해 버렸다. 값싼 여행이 다 그렇겠지만….

　달리는 버스 안에서 가이드의 어설픈 유머에 반응들이 시큰둥하자 음악을 틀어주면서 쉬라고 했다. 기분 전환좀 하려고 떠난건데 가이드 운까지 없었다. 게다가 내 옆자리에 앉은 아주머니는 가는 내내 자기 자랑, 자식자랑, 돈 자랑에 입이 쉴 새가 없었다. 건너편 자리에 앉은 남편분은 아주머니가 내게 자랑하는 내용이 틀릴 때마다 "어험~!"하고 헛기침을 하면서 "1억이 아니고 1억 2천!" "그건 셋째사위 얘기고." "런던이 아니고 프랑스였지" 등…. 어설픈 가이드의 유머보단 그나마 웃겼다고 해야 할까.

혼자 여행하는 사람에겐 식사시간이나 자유시간이 좀 곤욕스럽긴 하다. 누구와 짝을 지어 다녀야 할지 애매했기 때문이다. 다행히 자연스럽게 혼자 여행 온 사람들끼리 팀이 만들어졌다. 다니던 건축회사를 때려 치고 오랫동안 적립해둔 여행 마일리지로 세계여행 중인 40세 노총각, 30대 후반의 지방대학 노처녀 여 교수, 초등학교 3학년짜리 아들과 함께 온 30대 초반의 젊은 엄마랑 어울리게 되었다.

노처녀 여 교수는 숫기가 없어서 말이 별로 없는 반면, 늙은 노총각은 자신이 갔었던 여행지에 대해서 얼마나 재밌고 자세히 설명을 해주는지 여행이 전혀 지루하지 않았다. 덕분에 좋은 정보도 많이 얻었고 나 역시 미국생활에 대해 이것저것 알려 주었다. 한국에서 온 사람들은 넉살이 좋은 것 같다. 금방 누나, 언니라는 호칭을 주고받는 것을 보면…. 나는 그들을 동생이라고 부르진 못했다.

첫날밤은 라플린 호텔에서 뷔페식 저녁을 먹은 후 일행들과 호텔 앞 콜로라도강에서 보트를 탔다. 나중엔 별로 갈 곳도 마땅치 않아서 호텔 로비에서 칵테일을 마시며 두어 시간 동안 수다를 떨었다. 밤10시가 되자 가이드가 다음날 새벽에 일찍 일어나야 하니까 얼른 가서 주무시라고 하는 바람에 아쉽지만 각자의 방으로 흩어졌다. 말이 2박 3일이지 첫날과 마지막 날은 별로 기대하지 않는 게 정신건강에 좋다는 것을 알기에 편히 잔 것 같다.

다음날은 그랜드 캐년에 갔다가 돌아오는 길에 후버댐을 살짝 구경하고 저녁식사를 하러 라스베가스로 갔다. 맛있는 뷔페식당도 많은데 왜 거기까지 가서 한국식당에서 주는 급식을 먹어야 하는지…. 여행비에 포함된 거라 그런지 아무도 불평을 하지 않았다. 그것보다는 긴 여행 중에 먹은 외국음식에 질려 그날 저녁만은 김치를 꼭 먹고 싶었을 수도 있겠다.

저녁식사 후에 Wynn호텔에서 Le Reve쇼를 본 뒤 여행객 중에서 할머니 한 분이 없어져서 난리가 났다. 다른 일행들은 다음 목적지에 가야 하기 때문에 가이드와 먼저 떠나고, 나는 영어를 할 줄 안다는 이유로 할머니의 남편과 남아서 호텔 관계자들과 함께 할머니를 찾는 일을 떠안게 되었다. 나도 여행 왔는데…. 처음엔 억지로 떠밀려 하는 일이 내키지 않았지만 길 잃고 헤맬 할머니를 생각하니 빨리 찾아야 한다는 생각에 비슷한 인상착의 신고가 들어올 때마다 그 넓은 호텔 로비 안을 뛰어 다녔다. 다행히 엉뚱한 출입구를 통해 나갔던 할머니가 제자리로 다시 찾아오신 덕분에 행방불명 사건은 40여분 만에 일단락되었다. 내 딴에는 신경이 많이 쓰였었나 보다. 호텔방에 들어오자마자 랩탑을 켜다가 나도 모르게 잠이 들어 버렸다.

마지막 날 오후에 엘에이에 도착하고 나서야 같은 버스를 타고 온 노처녀 여 교수의 한국행 비행기 시간이 늦은 밤인 것을 알게 되었다. 무슨 오지랖이었는지 그냥 모른 척 하고 가면 안 될 것 같았다. 나도 학원에 가기 전까지 몇 시간의 여유가 있다고 먼저 손을 내밀었다. 극구 사양하는 그녀를 데리고 순두부집에 가서 함께 저녁도 먹고, 근처 스타벅스에서 커피를 마시며 수다를 떨다가 시간 맞추어 LAX로 가는 버스 정류장까지 태워다 주었다. 모르는 사람이 베푸는 호의를 엄청 부자연스럽게 받아들이는 노처녀 여 교수가 이해되면서도 세상이 참 강퍅하다는 생각도 들었다. 일주일 후에 안부 이메일을 먼저 보낸 것도 나였던 것을 보면….

학원이 끝나고 늦게 집에 도착해보니 남편이 나를 기다리고 있었다. 서로 할 말은 많았겠지만 인사만 나눈 채 조용히 잘 넘겼다. 때로는 문제를 문제로 보지 않으려는 노력도 현명한 방법인 것 같다. 나를 남겨두고 떠났던 남편한테는 섭섭했지만 오랜만에 혼자 여행을 다녀온 추억을 남겼으니 이것으로 퉁 쳐야겠다는 생각으로….

미운 정 고운 정

    가게에서 바쁜 점심시간이 지나고 나서야 다리의 통증이 느껴졌다. 얼른 의자를 펴고 털썩 주저앉았다. 여느 때 같으면 카톡이나 이메일 확인을 하려고 셀폰을 집어 들었겠지만 아무 생각 없이 팔짱을 끼고 의자에 몸을 맡긴 채 하늘을 물끄러미 쳐다보았다. 북쪽하늘 아래로는 나무 한 그루 없는 벌거숭이산이 병풍을 펼쳐놓은 듯 보였다. 그 맑은 하늘을 가로지르기 시작한 비행기를 쫓던 내 시선이 창 밖 중앙에 턱하니 버티고 있는 앙상한 나무 한 그루와 마주쳤다.

    주방장인 호세는 이 나무의 변천사를 보면서 세월의 흐름을 감지해 왔다고 했다. 그 말을 듣는 순간 내 감성이 메마른 것처럼 느껴졌다. 가게주인의 입장으로는 곱게 볼 수가 없는 나무였다.

가게를 인수하면서 거금을 들여 간판을 새로 설치했었다. 그런데 애석하게도 이 나무에 잎사귀가 무성할 때면 동쪽 방향으로 향하는 운전자들의 눈에 간판이 제대로 띄지 않는다. 따라서 아직도 우리 가게가 존재하는지조차 모르는 동네 사람들이 많을 것 같았다. 동네 사람들이 찾지 않는 식당이라니…. 이산화탄소를 들이마시고 산소를 뿜어내든 따가운 햇살을 온몸으로 막으며 그늘을 제공하든 이 나무에 대한 자연적 고마움은 한 인간의 욕심에 의해 잊혀져 갔다.

지난 어느 여름날이었다. "내가 이 동네에서 30년 가까이 살았는데 여기 이런 가게가 있는 줄 오늘 처음 알았다."라는 손님의 말을 듣고는 곧바로 뭔가를 해야겠다는 생각이 들었다. 오랫동안 우려해 오던 일이 실제상황으로 찾아온 것이다. 일단은 시청에 연락해서 영업에 지장이 있으니 나뭇가지를 잘라 달라고 요청을 했다. 2주를 기다리며 고대하던 바와는 달리, 시청 직원이 와서 이리저리 살펴보더니 나무가 가게 건물 자체에 해를 입히는 수준은 아니라고 딱 잘라 말했다. 기다리는 동안 이 나무를 보며 별의별 생각과 상상을 다해오던 시간이 무색해지는 순간이었다. 게다가 그런 이유라면 다른 나무들도 모두 없애야 하니 내 요청을 정중히 거절한다며 그대로 가버렸다.

나무는 그들 맘대로 갖다 심으면서 왜 정작 상업용 간판의 높이

는 규제를 하는지 모를 일이다. 플랜카드조차 운전자들에게 방해
가 된다고 맘대로 내걸지도 못하게 하는 규제법에 쓴웃음을 날려
본다. 컴퓨터 천재들은 바이러스를 만들면서 백신도 함께 만들고,
독약을 만드는 사람들은 해독약도 함께 만든다는 얘기를 들은 적
이 있다. 마찬가지로 자연환경과 안전을 위해 나무를 심어야 했다
면 나무를 보존하면서 영업에도 피해가 가지 않게 하는 대책도
함께 만들었어야 하는 게 아닌가.

이 나무기둥은 내 팔뚝보다 약간 굵은 사이즈이다. 늘씬한 몸통
일지라도 뇌 속의 혈관처럼 많은 가지들이 사방으로 뻗어있다.
여름이 되면 그 가지들에 붙어사는 엄청난 양의 잎사귀들이 밤낮
으로 서로의 살을 부대끼며 조잘댈 것만 같다. 바람이 불면 휘청
거리며 쓰러질 듯 하면서도 땅속에 깊이 박혀있는 뿌리에 안간힘
을 주며 버티고 있는 게 대견해 보일 때도 있었다. 나도 모르는
사이에 이 나무와 미운 정 고운 정이 든 것 같다.

쌀쌀한 가을이라 요 며칠 찬바람이 불어제치는가 싶더니 갈색
으로 옷을 갈아입었던 잎사귀들이 앞 다투어 가지를 떠나 버렸다.
아둥바둥 몸부림치며 그 비바람에 맞서면서도 나뭇가지에 붙어있
더니 세월 앞에 장사 없다고 증명이라도 하듯 하나씩 사라지고
있다. 그나마 몇 안 남은 마지막 잎새들은 끝까지 잘 버텨내고
있다. 체력이 다소 부족한 친구들은 떨어져 나갔지만 우리들은

끝까지 남아 끈질긴 생명력이 무엇인지를 보여주겠노라고 내게 말하려는 것 같다.

간판 글씨가 제대로 보이지 않는다고 불평했던 나였다. 그런데 요즘엔 앙상한 나뭇가지들 덕분에 간판글씨가 너무 잘 보이는데도 별로 기쁜지를 모르겠다. 오히려 저 몇 개 남지 않은 마지막 잎새들이 얼마나 더 버텨낼 수 있을까 하는 엉뚱한 걱정이 든다. 버티는 건 생명이 붙어 있을 때나 가능한 것이기에….

오 헨리의 소설처럼 마지막 잎새들이 떨어져 나가지 않고 버텨주었으면 좋겠다는 소망을 가져본다. 마음 같아선 사다리를 타고 올라가 떨어지지 않게 낚싯줄로 고정을 해 두고라도 싶긴 하지만 부질없는 짓인 것을 알기에 선뜻 행동으로 옮겨지진 않는다. 예쁜 아기사슴이 사자에게 잡혀 먹히더라도 먹이사슬을 인간이 끊어 자연의 법칙을 거스르면 안 되는 것처럼.

내 시야를 가리고 내 마음을 어둡게 하려는 것이 이 나무가 아니었음도 깨달았다. 앞으로 9년을 더 이 나무와 동거동락하며 지내야 할 터인데 호세처럼 이 나무에게 고마운 마음을 갖고 살아야 할까보다.

마지막 남은 저 잎새들 덕분에 오랜만에 내린 단비가 내 감성을 촉촉하게 적셔주는 듯하다.

Glendale Americana

알메니안 사람들이 많이 거주하는 글렌데일 시의 중심가에 가면 유난히 사람들이 많이 모이는 명소가 있다. 이름하여 "Glendale Americana." 주차건물이 4층이나 되는데도 그곳에 가면 늘 주차공간을 찾아 헤매는 데만도 시간이 적지 않게 들곤 한다. 기껏 와서 돈 한 푼 쓰지 않고 가는 손님들에겐 아주 비싼 주차료를 지불하게 하기도 한다. 주차료를 안 내거나 덜 내려면 그곳을 나서기 전에 지갑이 한번쯤은 열리게 하려는 심산이겠다. 처음 방문 시엔 우리 아이들에게 서점 구경을 시켜 주려고 갔다가 거의 10불 정도의 주차료를 내고 열 받은 적이 있었다. '이럴 줄 알았으면 맛난 커피라도 한잔 사 마실 걸' 하는 뒤늦은 후회와 함께….

모든 것이 비싼 만큼 시설도 꽤 고급스럽게 꾸며 놓았다. 시야가 훤히 내려다보이는 유리 엘리베이터를 타고 바깥구경을 잠깐 하다보면 어느새 1층 로비 문이 소리 없이 열린다. 황금색의 로비 문을 나서면 캐나다가 낳은 미남 재즈가수 Michael Buble의 귀익은 노래가 수많은 방문객들의 흥을 돋구어준다. 발걸음이 절로 가벼워지고 마음을 들뜨게 만들어 구매충동을 느끼게 하는데 한몫을 톡톡히 해내는 것 같다.

Americana의 내부로 들어서면 금색 찬란한 멋진 남자의 누드 동상이 있는 분수대를 중심으로 상가들이 원을 그리며 상주해 있다. 벌거벗은 남자의 동상이라는 이유만으로 시선이 오래 머문다거나 그가 누구인지, 누가 만들었는지 등의 정보에 대해 관심 없는 척하게 된다.(나중에 인터넷에서 찾아보니 Spirit of American Youth라는 이름을 갖고 있었다.) 그 동상이 여자의 누드 동상이고 내 남편의 시선을 오래토록 집중시킨다면 나 역시 기분 좋을 일은 아니기에 관심을 접는 것이 맞는 것 같다. 동상이 초콜렛으로 만들어지지 않은 것이 참 다행이라는 생각이 들자 풋~! 하며 웃음이 터졌다.

상가들 인테리어는 아늑하고 정겨운 느낌마저 들게 하지만 왠지 물건구입을 하기는 꺼려진다. 명품가게들이 여러 곳인데 가격도 엄청 비싸거니와 우리의 방문 목적은 Barnes & Nobles 서점을 가거나 대형 영화관에서 새로 상영하는 유명한 영화 관람이기 때문이다. 아이들이 아직 어려서 정작 보고 싶은 영화를 못 보는 것이 늘 불만스럽지만 아직은 아이들 위주로 살아야 하니 어쩔 수가 없다.

먹거리가 많긴 하지만 군것질 한 번 하려면 식사 값과 거의 맞먹는다. 한국갈비로 유명해진 사람이 이곳에서 장사를 했었는데 얼마 가지 않아 문을 닫았다. 지금 그 자리는 하겐다즈 아이스크림 가게로 바뀐 상태이다. 한국 사람으로서 정말 안타까운 일이긴 하지만 우리조차 먹을 만한 메뉴가 없어서 발길을 돌린 적이 있었기에 빨리 손을 놓고 나간 것이 적절한 결정이었다는 생각도 든다. 아무리 맛있기로 소문난 음식일지라도 가격이 비싸면 그만큼 소비자들이 꺼려하기 때문이다. 그는 아마도 푸드 트럭으로 다시 돌아가 저렴하고 맛있는 음식으로 떼돈을 벌고 있을지도 모르겠다.

분수대 옆에서는 가끔 라이브공연이 열리기도 한다. 한번은 미국 아이돌 그룹의 공연 후 그들과 사진을 찍고 사인을 받기위해 줄서는 여학생들로 인해 인도가 거의 막혀버린 적도 있었다. 거기에 서서 나름 추억거리를 만들려고 북적대는 아이들의 모습을 바라보는 것도 재밌었다. 어렸을 때 가수 박남정한테 사인을 받으려고 공연장 주변을 서성거렸던 내 모습도 떠올랐다. 투명인간처럼 사라져버려 사인을 받진 못했지만 처음이자 마지막으로 연예인을 추격해 보았다는 추억으로 만족한다.

Americana의 깔끔하게 정돈된 녹색 잔디밭은 보기엔 좋지만 바닥에 많은 종류의 곤충들이 기어 다니는 것을 알기에 쉽사리 앉아보고 싶다는 생각이 들진 않는다. 그 잔디밭에 누워 잠을 자는 사람들을 종종 보게 되는데 아마도 눈부신 태양을 피해 눈을 감았다가 잠이 들어버리는 것 같았다. 우리 남편도 그 잔디 위에 누웠다면 아마도 몇 초안에 코까지 엄청 골아댔을 게다.

영화관람 티켓을 미리 구입해 놓고 아이 셋과 근처에 위치한 Cheesecake Factory에서 늦은 점심식사를 했다. 아무리 경제가 어렵다고 해도 이렇게 많은 사람들이 북적대다니…. 대기과정까지 거쳐 식사를 하는 사람들을 보면 역시 먹는 장사가 최고라는 말에 실감난다. 미국식당에 가면 아무리 바빠도 미소 지으며 손님과의 즐거운 대화를 잊지 않는 종업원들 덕에 여유 있게 아이들과 대화를 나누며 식사를 할 수 있어서 좋다. 손님들이 식사하는 중에도 큰소리로 종업원들끼리 대화를 하거나 청구서를 미리 갖다 놓는 한국식당과는 비교되는 현상이다.

앞으로 큰 명절이 두 개나 다가오는데 조만간 아이들을 데리고 화려한 조명으로 치장했을 Americana에 근사한 가족사진을 찍으러 가야겠다. Spirit of American Youth를 배경으로도 한 컷?

4

길치의 특혜

맥주 세 병과 안주 한 접시

옛 직장 상사였던 ㅎ차장님한테 연락이 왔다. 무역회사를 차렸으니 남미에서의 물건구매를 담당해 달라고 했다. 미팅 장소에 도착해보니 나오는 초면인 ㅎ차장님의 동업자도 함께 계셨다. 사회적 지위와 체면(?)을 감안하여 호칭을 '차장님' 대신 '사장님'으로 급수정해서 불러드렸다.

간단한 인사를 나누고 테이블에 앉자마자 시작된 ㅎ사장님의 반말이 불쾌했다. 야… 너… 네가… 너는… 내가 20대 초반이었을 당시에도 나에게 깍듯이 경어를 사용하던 분이 30대 중반이 된 내게 왜 반말을 하는지 의아스러웠다. 동업자에게 자신의 인맥과 힘(?)을 과시하려고 그랬는지는 모르겠지만 어쨌든 반말은 듣기 좋은 게 아닌 건 분명했다. 사적인 자리라고 해도 달갑지 않았을 텐데 공석에서 들으니 어느 누가 반감이 생기지 않겠는가.

업무분담이 끝난 후 모두의 사기가 대박 예감으로 충만해졌을 즈음에 황금의 미소를 지으며 ㅎ사장님께 살포시 질문을 던졌다. "사모님이 쌀을 반으로 똑똑 잘라서 밥을 해드리나요? 왜 저한테 계속 반말을 하세요~오?" 그러자, "임마, 너랑 나 사이에 그런 게 어딨어~?" 헐~! 퇴사한 지 십 수 년 만에 처음 만났는데 나와 무슨 사이라고 저런 말을 하신담.

나중에 알게 된 일이지만 그 동업자는 ㅎ사장님보다 6살 아래였다. ㅎ사장님이 동업자한테는 인사도 90도 허리 숙여 깍듯이, 어떻게 하면 마음에 쏘옥 들까싶어 안절부절 못하는 것 같던데…. ㅎ사장님의 사회적 예의범절의 기본은 '나보다 강한 자' 위주로 그려지고 있었던 게다.

기본을 무시한 분과 엮이다보니 말이 재택근무이지 24시간이 모자랄 정도로 바쁘고 힘들었다. 안타깝게도 그 국제무역 일을 6개월 정도 돕다가 내 쪽에서 먼저 손을 놓았다. 기본적인 예의도 없거니와 신뢰를 중요시하지 않는 사람과 일하기엔 나의 인내심이 턱없이 부족했다고나 할까…. 지금 생각해도 정말 옳은 결정이었다고 생각한다.

어릴 적 한국에서 자랄 때부터 엄마가 딸들에게 늘 하셨던 말씀이 있다. 남의 집에 가서는 절대로 냉장고를 열지 말 것. 남의 집에 있다가도 저녁식사 시간 전에 빨리 집으로 돌아올 것. 그 당시엔 엄마가 하지 말라니까 별 생각 없이 그 말씀을 따랐었다. 나이가 들어 어른이 된 지금까지 이어지고 있는 걸 보면 습관이 참 무섭다는 생각이 든다.

가장 기본적인 sorry, thank you, excuse me라는 말만 잘 활용하며 살아도 기본적인 예의는 갖추었다는 말을 듣게 될 것 같다. 영어에 익숙한 사람들은 "I'm sorry"라고 하는 사람에겐 "It's okay"로 바로 연결되는 교육을 받았다. "How are you?"라고 하면 "Fine, Thank you"로 답변하라고 배웠듯이. 한국말은 "미안해!"라고 하면 "미안하다면 다야?" 또는 "뭐가 미안한데?" 라는 말로 되받아치는 경우도 있다. 사과를 할 줄도, 받아들일 줄도 모르는 사람에게 어떻게 대처해야 하는지는 잘 연구를 해봐야 할 일이다. 그래도 내 경험상 우리 한국 사람들이 뒤끝은 없는 것 같다. 우린 기본적인 '정의 문화속에서 자라왔기 때문이라고 생각한다.

언제부터 맥주 세 병과 안주 한 접시가 기본이 되었고, 또 누가 그 기본을 만들었는지는 모르겠지만 기본이 있다는 것과 기본을 안다는 것은 중요한 일인 것 같다. 기본이 없다면 그 위에 쌓인 것이 언제 무너져 내릴지는 아무도 모르는 일이니 말이다.

올바른 기본 생활습관을 잊지 않도록 긴장하며 살아야겠다.

길치의 특혜

예수님이 수많은 양들 중에서 한 마리의 양을 안고 서있는 그림이 있다. 길 잃고 헤매던 양을 찾은 것이고, 두려움에 떠는 양을 사랑으로 따뜻한 품에 안아서 달래주는 모습처럼 보인다. 나는 이 그림의 이름을 〈길치의 특혜〉라고 지어봤다. 나도 자타가 공인하는 길치이다. 게다가 난 양띠이다. 예수님 품안에 안긴 저 길 잃었던 양이 길치 인생을 살아온 나라고 상상하면 얼마나 위로가 되는지 모른다.

고등학교 때 아빠가 엘에이로 놀러가지 못하게 하려고 딸들에게 프리웨이상의 운전을 미연에 차단시키셨다. 즉 프리웨이는 사고시 사망률이 높기 때문에 엘에이에 가다가 사고가 나면 다신 아빠 엄마를 못 보게 된다고 겁을 주신 것이다. 딸 많은 부모의 마음을 이해해서가 아니라 죽는 게 두려워서 동네를 벗어나지 않는 선에서 생활을 했던 것 같다. 직장이 좀 멀다 싶어도 불편함을 감소하면서 로컬 길로만 다니곤 했으니 아빠의 영향력은 실로 컸던 게다. 아빠의 염려 덕분에 프리웨이상의 차 사고를 피할 순 있었지만 그로 인해 우린 지리에 어두운 길치로 성장해 버렸으니 말이다.

아주 오래 전에 언니와 동생 가족이 차 두 대를 대동하여 샌디에고에 있는 씨월드에 갈 때였다. 당시에 살던 곳에서 남쪽 방향으로 두어 시간 정도를 내려가면 쉽게 도착 가능한 장소였다. 하지만 동쪽 프리웨이로 함께 달리다가 갑자기 남북으로 갈라지는 지점에서 누군가 착각을 일으킨 것이다. 결국 한 차는 북쪽 방향을 택했고, 다른 차는 제대로 남쪽방향으로 내려갔다. 서로 반대 방향으로 가고 있는 줄도 모르고 어디까지 오고 있냐는 전화 통화를 했었다는 웃지못할 에피소드였다. 북쪽으로 계속 올라가는 것도 문제였겠지만 남쪽으로 정신줄을 놓고 계속 내려갔으면 멕시코 국경을 넘어 갈 뻔 했으니 가슴을 쓸어내릴 만도 하다. 여권이나 시민권을 지참하지 않으면 문제가 아주 복잡해지기 때문이다.

이런 길치 자매중 하나가 바로 나 자신이다. 나는 그래서 취업 인터뷰를 위해 생소한 장소에 갈 일이 생기면 며칠 전에 미리 가 보는 습관이 있다. 그래야 약속시간에 맞춰 길을 잃지 않고 도착

할 수 있으니 말이다. 가끔은 인터뷰 도중에 "회사에 오는 길을 쉽게 잘 찾았습니까?" 라는 질문을 받을 때가 있었다. 미리 와본 곳이라 괜찮았다고 답하면 준비성이 좋은 것으로 생각해 주는 것 같았다. 내 길치 감각 때문에 그런 것인데 긍정적으로 생각해 주니 내겐 고마운 일이다.

2000년도 여름에 Cal State L. A. 에 TESOL자격증 수강신청을 했었다. 개강 2주 전에 대학교 위치를 위한 사전답사는 당연히 해두었다. 그런데 당일 아침 학교에 9시까지 도착하기 위해 서둘러 가는데 프리웨이에서 내려야 할 지점에 있던 대학교 사인이 보이질 않았다. 너무 당황이 되었다. 조금 더 달리면서 주위를 둘러보다가 전혀 생소한 경치에 두근거리는 마음을 다잡으며 다급히 대학 사무실에 전화를 걸었다. "2주전에 왔을 땐 있었던 출구 사인이 왜 안 보이는 거죠? 그새 떼어버렸습니까?" 라고 물었다. 상대방은 황당한 듯 "우린 그런 짓 안합니다. 지금 어딘데요?" 라고 묻더니 이미 늦었다고 안절부절 허둥대는 나를 잘 도착하게 도와주었다. 그 대학교는 산 위에 위치해 있었는데 나는 산을 등지고 달렸던 거였다. 적반하장도 유분수라는 말이 그럴 때 어울리는 듯 했다. 운전 중 잠시 했던 딴 생각이 삼천포로 향하는 길이었다는 것을 모르고 엉뚱한 사람에게 항의를 했으니 말이다.

결혼상대를 놓고 기도할 때 제발 지리에 밝은 사람을 만나게 해달라고 한 적도 있었다. 기도 덕분인지 하나님이 보우하사 운전을 많이 해야 하는 직업을 가진 남편을 만났다. 프리웨이는 물론, 큰길, 골목길, 지름길 등등…. 정말 길을 잘 찾아다닐 뿐만 아니라 개인 운전사 역할을 톡톡히 잘해주고 있다.

길치 아내에겐 뇌 속에 네비게이션 칩이 저장된 것처럼 보이는 남편은 수호천사이다. 게다가 남편은 "네가 모든 걸 다 잘하면 난 뭘 먹고 살아? 내가 채워줄 부분도 있어야 재밌지."라며 나를 위로해준다. 길치라고 절대 놀리거나 무시하는 적이 없음에 고마울 따름이다.

부부는 서로 다른 사람이 만나서 서로의 부족한 부분을 채워준다는 말이 실감난다. 남편을 만나기 전에는 아는 길로만 다녀야하는 외길(?) 인생을 살았었지만 남편 덕분에 또 다른 세상을 많이 구경하며 살게 되었다. 나는 그저 한눈팔지 않고 오로지 남편만 바라보는 아내로 살아가는 역할만 잘 수행하면 될 것 같다.

소음에 묻히다

   써머타임이 시작된 이후로 해가 점점 길어지고 있다. 응접실의 창문 커튼만 열면 늦은 오후까지 실내등을 켜지 않고도 집안이 햇볕으로 꽉 차있다. 게다가 창문 너머로 커다란 산이 보이니 늘 별장에 놀러와 있는 느낌을 지울 수 없기도 하다. 남들은 산으로 캠핑을 떠나지만 산중턱에 위치한 집에 사는 우리는 굳이 그럴 필요성을 느끼지 못한다. 대신 해마다 2~3주 동안 뒤뜰에 텐트를 치고 아이들이 원없이 놀 수 있게 해주고 있다.

   우리 집 맞은편엔 집들이 없는 대신 철조망이 길게 설치되어 있고, 그 너머로는 프리웨이라서 차 소음이 엄청 크게 난다. 철조망 뒤로 빽빽이 들어선 나무들이 소음은 흡수하지 못하는가 보다. 그 주변을 따라 산책을 할 때면 목소리를 크게 높여야 옆 사람과의 대화가 가능할 정도이다.

다행히도 현관문과 창문이 닫히면 집안에서는 아무 소리도 들리지 않는다. 방음 장치가 잘 되는 유리창 덕분이기도 하겠지만 문 하나를 사이에 두고 다른 세상을 넘나드는 듯한 느낌이 드는 곳도 흔치 않은 것 같다. 집에 강도가 들어와서 고함을 질러도 주변사람들이 들을 수 없는 환경인지라 겁 많은 나를 위해 남편이 전문가들을 불러 감시용 카메라를 4대나 설치했을 정도이다.

결혼 후 이 집에 이사 와서 남편과 나는 사소한 말다툼이 잦았었다. 가끔은 아이들을 생각해서 밖에 나가서 다투기도 했었는데 소음이 문제였다. 노래를 세 곡만 부르면 쉬어버리는 목청의 소유자였던 나는 젖 먹은 힘까지 내서 언성을 높여야만 했다. 남편은 워낙 타고난 탱크톤 목소리 덕분에 크게 노력할 필요조차 없었지만. 기 싸움에, 자존심까지 합류, 그리고 섭섭병이 간식으로까지 얹혀지면서 시간이 갈수록 더 힘든 상황으로 서로를 내몰곤 했었다. 그 와중에도 다행인 건 우리가 그러고 있는 것을 아무도 모른다는 사실이었다. 아마도 조용한 동네에서 그랬다면 여기저기서 경찰을 부르고 했을지도 모르겠다. 아니지. 조용한 동네였다면 조용히 싸웠을 수도 있겠지만.

하루는 늦은 밤에 남편과 오해가 생겨 밖에서 말다툼을 하다가 너무 서러워서 "엄마~!!"를 외쳐 부르며 땅바닥에 주저앉아 울기 시작했다. 당황한 남편은 주머니에서 티슈를 꺼내 들었지만 울기로 작정한 나는 기회를 놓칠세라 그동안 참아왔던 울분을 터뜨렸다. 그런데 우리가 그러고 있는 모습을 강아지를 데리고 산책하시는 한국 할아버지에게 딱 걸리고 말았다. 아는 사이는 아니었지만 좀 창피했다. 그 할아버지는 우릴 보셨는데도 그냥 지나쳐 주셨다. 순간 눈물이 뚝 끊겼다. 아마도 남편이 나쁜 사람으로 비춰질까 봐 걱정되어 수도꼭지가 자동잠금장치의 기능을 순간적으로 발휘했던 것 같다.

결혼 초의 부부싸움은 서로에게 적응하는 시기에 거쳐야 할 필수과정이었고, 옮겨 심은 나무가 뿌리를 땅속깊이 내릴 때까지 몸살을 앓듯 반드시 통과해야 할 관문이었다.

그날 이후로 우리 부부는 저녁식사 후에 현관 앞 층계에 나란히 앉아 바람도 쐬며 이런저런 대화를 나누곤 한다. 남편이 대화를 순조롭게 할 줄 아는 사람이 아니기 때문에 가급적 가벼운 토픽이나 남편이 잘 아는 내용을 위주로 대화를 하는 편이다. 말끝에 또 오해가 생겨 다툼으로 이어가고 싶지 않은 나의 간절한 바람 때문이기도 하다.

바람이 잠잠한 날은 아이들과 함께 집 앞에서 배드민턴을 치며 놀기도 한다. 그 할아버지가 지나가신다면 우리가 잘 지내고 있음을 보여드리고 싶은 마음도 있었다. 시아버님도 아닌데 왜 신경이 쓰였나 모르겠다. 그때 그날 밤의 기억도 소음에 묻혀 버렸을지 모를 일인데 말이다.

내게 결혼생활이란? 도로상의 운전이라고 정의를 내리고 싶다. 당연히 핸들은 가장인 남편의 손에 쥐어져 있다. 나는 타이밍만 잘 맞추어 브레이크를 밟아주는 역할만 잘해도 웬만한 충돌을 미연에 방지할 수 있을 것 같다.

앞으로 이 집에서 사는 동안에 생기는 안 좋은 일들은 저 소음 속에 묻혀버리면 좋겠다. 아니, 과감히 묻어 버려야겠다.

궁금증

    한국 드라마를 보면 궁금한 것을 못 참는 캐릭터들을 종종 볼 수 있다. 그들 덕분에 시청자 입장으로서는 답답함을 빨리 해소시킬 수 있기에 두 손 들어 환영하는 바이다. 이제는 옛날처럼 질질 끄는 형식의 지루한 드라마가 사라지고 있다. 짧으면 미니시리즈로, 길어지면 막장 드라마가 대세인 세상이 되었다. 선이 흥하고 악이 망하는 결말인 줄은 시청자들이 이미 다 알고 있는 사실이지만 혹시나 해서 보게 되는 건 반전을 기대하거나 확인사살을 하려는 것일 게다.

    미국 서점에 가면 어린 아이들이 즐겨 읽는 ≪Curious George≫라는 원숭이 케릭터를 주인공으로 만들어진 동화책 시리즈를 쉽게 찾아 볼 수 있다. 호기심이 많은 이 원숭이는 아이들이 궁금해 하는 것들을 이해하기 쉽게 알려주는 역할을 톡톡히 잘해낸다. 영어권 아이들은 George라는 이름의 원숭이를 통해 하나씩 세상 일을 배워나가는 것이니 어찌 보면 부분적으로 선생님이나 부모 역할을 분담해 준다고 할 수 있겠다.

우리나라 문화를 충분히 접하지 못하고 이민 온 나 역시 한때는 한국문화에 대한 궁금증이 많았다.

대한민국은 온천이나 사우나를 즐기는 문화이다. 미국엔 없는 대중목욕탕. 나는 숨이 막히고 답답해서 사우나에 가기를 꺼린다. 게다가 낯선 사람들 앞에서 발가벗은 몸으로 버젓이 걸어 다니는 것 자체가 왠지 어색하다. 미국에서 사는 사람들이 이런 면에선 더 수줍음이 많은 것일까? 모델처럼 멋진 몸매가 아니더라도 남 의 눈을 의식하지 않고 나체로 캣워킹을 할 수 있다는 건 대단한 용기가 필요할 것 같다.

남자는 주머니 속에서, 여자는 핸드백에서 늘 꺼내드는 손수건, 왜 손수건을 가지고 다니는지는 수년전 한국방문 시에 자연스럽게 알게 되었다. 종이 냅킨이 귀한 탓인지 아니면 지구보호를 위해 종이를 덜 쓰려는 나라의 정책 때문인지는 모르겠지만 공중 화장 실엔 손을 씻고 나서 물기를 닦을 종이타월이 없었다. 영화관이나 식당에서도 냅킨을 달라고 하면 화장지를 건네주었다. 한국에서 는 개인용 손수건 지참은 필수요 지혜로운 일이 아닐 수 없다.

공중화장실에서는 화장지도 자기가 사용할 양을 미리 뜯어가지고 볼일을 보러 들어가야 하는 불편함을 겪고 나서야 미니티슈를 따로 준비해 다녔다. 동대문시장의 공중화장실에서 '외국인 전용'이라고 쓰여 있는 수세식 변기 칸에 들어갔었다. 재래식 변기에 쪼그리고 앉을 자신이 없었기에 누가 뭐라 하면 미국여권이라도 내밀 생각이었다. 외국인 전용 변기 칸은 내게도 너무 좁아서 불편하기 짝이 없었다. (우리보다 체격이 작은 동남아시아나 일본 사람들도 외국인에 포함되니 서양인이라고 정정을 해야겠다.) 서양인들의 키, 체격, 그리고 코의 높이도 고려해서 만들면 어땠을까 하는 아쉬움이 컸다. 전 세계 수출 10위권 안에 드는 나라인데 왜 화장실 문화는 개선이 안 될까?

지금은 타 지역으로 이전했지만 90년대 중반에 Los Angeles에 연세대 어학당이 처음 생겼을 때였다. 나름대로 한국어 교육의 사명을 갖고 미국에서 자라는 어린 새싹들을 가르칠 생각에 한국어 교수법과 문법을 열심히 배우러 다녔다.

하루는 교수님께서 수업이 끝날 즈음에 질문이 있냐고 물으셔서 얼른 손을 들었다. 북한산이 왜 남한에 있냐고 묻는 나를 교수님과 동료 선생님들이 황당하게 쳐다보셨다. 남북이 엄연히 삼팔선을 경계로 두고 있는 상태에서 산 이름을 북한이라고 지은 것이 내겐 이해되지 않는 일이었기 때문이다. 특별한 이유없이 지어졌다는 대답에 좀 허탈스러웠다.

　한국방문을 며칠 앞두고 있던 때였다. 챙길 물건들을 머릿속으로 떠올리다가 문득 '한국엔 우기철이라 비가 많이 온다는데 신발이 젖으면 어떻게 하지?' 라는 궁금증이 생겼다. 비싼 가죽 신발을 신고 가다가 비에 젖으면 어떻게 대처하는지 알고 싶었던 게다. 함께 교육을 받던 다른 선생님들이 듣기엔 수준 떨어지는 질문이었을지 모르지만 간식 시간에 교수님께 여쭤보았다. 교수님은 그냥 신발에 묻은 물기를 닦아낸다고 하셨다. 손수건의 용도가 참 다양하다는 생각이 들었다.

　이제 40대 아줌마가 된 나의 궁금증은 다행히도 입 밖으로 나오기 전에 조절이 가능해졌다. 상대가 먼저 말하지 않는 한 불편한 관계를 만들면서까지 내 궁금증을 해소할 마음이 없다. 마찬가지로, 남도 내게 사생활을 침범하는 궁금증을 갖지 않았으면 정말 좋겠다. 도를 넘어선 궁금증은 좋은 관계를 파괴하는 원인제공이 된다는 것을 아는지 모르는지….

꿈

재택근무 시절 내가 살던 시의 시청으로부터 '여성 경제인을 위한 세미나'에 초대를 받았다. 세미나의 제목이 'Dream'이라는 점도 꽤 마음에 들었다. 부동산 투자 관련 일을 시작하면서 해야 할 일은 많았지만 꿈을 이루기 위해선 정보 하나하나가 소중했기에 잃어버린 퍼즐 한 조각을 찾는 마음으로 열 일 제치고 참석하겠다고 답신을 보냈다.

당일 아침 시청에 도착해보니 정장 차림의 여성들이 많이 와있었다. 각자의 명함을 주고받으며 인사를 나눈 뒤엔 네트워킹 분위기로 곧바로 이어졌다. 일본 자동차 딜러의 마케팅 매니저, 온라인 화장품회사 사장, 융자회사 매니저, 대기업 영업과장 등 직업도 다양했다. 남녀 모임과는 달리 여자모임에선 늘 머리스타일,

옷, 악세사리, 화장품 등이 대화시작의 메뉴로 등장하게 된다. 이름, 직업, 경력 그리고 가족사항까지 여러 사람들의 얘기를 한꺼번에 듣느라 한동안 정신이 없었다.

내 명함을 보더니 부동산 중개인인 줄 알고 부동산 시장의 전망 또는 집 매매가 잘 되냐는 질문들만 했다. 부동산 중개인이 아니라 부동산 투자자라고 했더니 좀 복잡하게 생각되었는지 아니면 그 분야에 대해 아는 바가 별로 없어서 그랬는지 질문들이 급속히 사그라졌다. 나 같으면 적어도 그게 뭐냐고 물어봤을 텐데…. 남자들과는 일 얘기에 시간 가는 줄 모르는데 반해 여자들은 복잡한 얘기는 듣고 싶어 하지 않는 경향이 있다. 아니 듣는 것보다는 말하는 것을 더 좋아하기 때문인지도 모르겠다.

잠시 후 세미나 강사로 보이는 허리가 약간 구부정한 할머니 한 분이 들어오셨다. 국적은 알 수 없었으나 영어 악센트로 보아 미국 중동부에서 자란 이민자 정도로 생각되었다. 머리는 백발이요 엄청 두꺼워 보이는 볼록 돋보기안경에다가 키도 작고 옷차림도 동네 할머니처럼 수수해 보였다. 세미나 전단지 상의 약력에는 대학강사라고 되어 있었기에 나름대로 반전을 기대하며 기다렸다.

할머니 강사는 자신의 약력을 소개하면서 얼마 전에 출간했다는 저서를 들어 보였다. 제목은 ≪Dream≫이라고 씌어 있었고 나중에 세미나가 끝나면 구입을 해도 좋다고 했다. 그러면서 이어지는 강의는 나의 기다림과 설렘을 무색케 하고야 말았다. 내가 생각했던, 미래를 위한 도전과 계획에 관련된 'Dream'이 아니라, 우리가 잘 때 꾸는 꿈해몽 관련서적이었던 것이다. 꿈 해몽 관련 책이라니 어이가 없었다. 다른 참가자들의 표정도 나와 별반 다르지 않았지만 다행히도 불쾌한 내색을 하는 사람은 없었다. 경로사상이 십분 발휘된 것이었다.

연세가 많이 드신 탓에 약간 떨림이 동반된 목소리로 강의를 하시는 할머니가 안쓰러워 보이기까지 했지만 꿈해몽 관련 설명은 전혀 나의 관심을 끌지 못했다. 한 번도 들어보지 못했던 방식의 꿈풀이였으니 말이다. 딴 생각을 하다가 잠깐 잠깐씩 듣다보면 마치 억지로 퍼즐 끼워 맞추기를 하는 듯 했다. 미국에서 꾸는 꿈은 미국식으로 풀이를 해야 하는가…. 한국 신문의 〈재미로 보는 운세〉보다 나을 게 뭐가 있겠나 싶었다.

바쁜 사람들, 그것도 여성 경제인들을 초대해 놓고 왜 이런 강의를 하는지 도대체 이해가 되질 않았다. 엎어진 김에 쉬어 가라는 것도 아니고…. 미국은 다민족 국가인데 꿈해몽도 나라별로 구분해서 풀이해야 하는 것 아니냐고 할머니 강사에게 넌지시 묻고 싶었다. 그 갑갑한 장소에서 어떻게 탈출했는지 기억도 나지 않는다. 전혀 생각지도 못한 반전의 세미나였지만 그 덕분에 세미나 초대관련 이메일이 오면 내용을 꼼꼼히 파악해 보는 습관이 생겼다.

나는 꿈을 많이 그리고 매일 꾼다. 마치 내가 현실과 꿈속을 드나들면서 이중생활을 하고 있는 게 아닐까 싶을 정도이다. 생각도 많고 또 깊게 하는 성격이라서 그런 것 같다.

재택근무 시절 인연이 닿았던 내 스승님은 정말 대단한 분이셨다. 내게 비즈니스 우먼으로서 성공할 수 있는 자격을 갖추려면 어떻게 해야 하는지를 2년 반 동안이나 가르쳐 주셨으니 말이다. 처음엔 나의 과거, 현재, 그리고 미래의 꿈(계획)에 대해 써 보내라고 하시더니 나중엔 내 꿈에 대해 구체적으로 설계토록 하셨다. 1년, 5년, 10년, 그리고 20년 후의 꿈을 말이다. 그 당시 나는 흰 도화지에 그림까지 그려가면서 마음껏 내 꿈을 설계했었다. 당장 현실화되기는 불가능했지만 꿈을 꾸고 있던 시기만큼은 밥을 먹지 않아도 배가 부를 만큼 뿌듯하고 행복했었다.

꿈을 꾸는 데는 나이나 성별 제한이 없으니 이 어찌 고맙지 아니한가. 꿈은 높고 크고 깊고 넓게 가질수록 좋을 것 같다. 반만 이루어져도 어디겠는가.

부메랑 놀이

나에겐 어린 조카들이 많다. 형제가 많으니 한 집에서 두 명씩만 데려와도 웬만한 크기의 집에서는 모이기 힘들 정도이다. 샌디에고에서 미 해병대 소위로 근무하던 다섯째 동생의 아들 이야기이다. 내 조카라서 그런지 모르지만 정말 잘생기고 똑똑한 아이다. 그 조카가 6살 때의 일이었다. 월마트에 가서 손님으로 온 사람들에게 "Don't buy any toys here!"(여기서 장난감 사지 마세요!) 라고 했단다. 어린 아이가 장난감이 산더미처럼 쌓여있는 곳에서 그런 얘기를 하니 어른들이 왜 사면 안 되냐고 묻자, 조카는 "Because it's made in China"(중국 산이니까요)라고 당당히 말하더란다. 당시 중국산 수입품 장난감에서 납 성분이 대거 검출되어 뉴스를 달구던 시기였다. 엄마의 이야기를 고스란히 기억했다가 남들에게도 알려주는 의리의 꼬맹이였다.

그 일이 있은 지 얼마 후의 일이다. 이 동생부부가 군대에서 진급하여 가족이 함께 진급식에 참석하게 되었다. 진급 메달을 유니폼에 달아 주려고 나타난 상사를 보던 조카가 갑자기 모든 군인들 앞에서 폭소를 터뜨리며 "Oh my God, you're so short" (세상에… 아저씨 키가 너무 작아요!)라고 했다는 거다. 동생 부부가 얼마나 민망 했겠는가. 상황이 상황인 만큼 아들의 입을 손으로 틀어막으면서도 본인들조차 웃음을 참느라 엄청 애를 먹었다고 한다. 동생 부부도 큰 키가 아니기에 그날 일은 상상만 해도 우리에게는 얼마든지 눈물을 닦아가며 웃을 수 있는 일이었다.

엎친 데 겹친 격으로 그 상사분이 매달을 다 달아주고 뒤로 물러서다가 그만 발 사이즈가 너무 큰 조카의 누나 신발에 걸려 콰탕탕 넘어지고 말았다. 그 많은 군인들 앞에서 나의 귀여운 6살짜리 조카가 어떻게 했을지는 굳이 언급할 필요도 없을 게다. 이런 얘기를 듣다보면 아이들의 순수하고 꾸밈없는 표현력이 정말 부럽기도 하다. 그 상사분이 미국인치고는 정말 난쟁이처럼 키가 작았다는데 이해심은 엄청 많은 분이셨을 것 같다.

막냇동생의 아들 또한 둘째가라면 서러워할 똑똑이다. 이미 공부를 잘하고 있는 아이인데도 "공부를 못해서 대학에 못 가면 나중에 맥도널드나 Jack-in-the-box 같은 패스트 푸드점에서 일하게 될 거야."라고 해왔던 게다. 동생이 어느 패스트 푸드점의 Drive-thru에서 주문한 음식을 기다리고 있었을 때였다. 차안에 함께 있던 조카가 좁은 창문을 통해 그곳에서 일하던 직원에게 질문을 해버리고 말았다. "넌 대학교 안 갔어?"라고. 아들의 순수함에 엄마는 앞통수를, 그 직원은 뒤통수를 맞은 게다. 부모님한테 공부하라는 잔소리를 들어본 적이 없이 자란 우리는 공부관련 잔소리를 제대로 할 줄 모르는 것 같다. 우리 때처럼 각자 알아서 공부하는 문화가 붐을 이루었으면 좋으련만….

우리 아이들 셋과 함께 작은언니 가족의 초대로 뷔페식당에 갔을 때의 일이다. 식사비를 미리 지불해야 해서 언니 네가 도착하기 전에 서둘러 지갑을 열었다. 카운터에서 일하는 미국아가씨가 우리 아이들의 나이를 물었다. 어린이 가격은 몇 불 낮기 때문에 물은 것을 알기에 8, 10, 12세라고 답했다. 그러자 옆에서 우리 큰딸이 "Mom, I'm 11!"(엄마, 난 11살이에요!)라고 하는 게 아닌가. 그것도 영어로. 미국아가씨는 그 상황이 재밌다는듯 풋~! 하며 웃었지만 나는 솔직히 창피했다. 딸아이가 얼마 전에 생일이 지나서 한 살 더 먹은 것을 깜빡했던 것뿐인데 졸지에 거짓말하는 엄마가 되었으니 말이다. 10살이나 11살이나 가격은 같으니 문제는 되지 않았지만 나이 제한에 걸리는 일이었으면 내 체면이 말이 아니었을 게다.

아이들뿐이랴. 어른이 되어서도 순수가 풍부하면 이를 '푼수' 또는 '주책바가지'라고 불리울 게다. 해야 하는 말, 해도 되는 말, 하면 안 되는 말, 꼭 할 필요가 없는 말… 이 네 가지를 구분 짓지 못하고 다 같은 뜻으로 생각하는 사람들이 많다는 게 문제이다. 다시 주워 담을 수 없는 말로 인하여 타인에게 상처를 주고서도 "내가 뭐 틀린 말 했어?" 또는 "그게 뭐 어때서? 이상하게 받아들인 사람이 잘못이지!"라는 얼토당토않은 변명으로 자신의 말실수를 억지로 정당화시키려는 사람들…. 어른들의 방심으로 부메랑 놀이를 서슴없이 하는 철없는 아이들과 뭐가 다를까?

아이들 앞에서는 특히 말을 조심해야 할 것 같다. 가족 끼리만의 비밀(?)이라고 입단속을 미리 시키지 않는 한, 순수라고 불리는 무기는 무방비 상태의 어른들을 향해 언제 어디서 부메랑 놀이를 하게 될지 모를 일이기에.

의무감

큰형님의 장남이 멕시칸 아가씨와 결혼을 하게 됐다. 마리아치가 공연하는 멕시칸 스타일의 결혼식을 떠올리며 '무슨 옷을 입을까…?'라는 생각도 잠시. 여자들은 한복을 입으라는 큰형님의 어명이 떨어졌다. 멕시칸 며느리가 인터넷을 통해 본 한국 전통 혼례방식이 흥미 있었는지 꼭 해보고 싶다고 했다는 것이다. 난 원래 한복입기를 꺼려한다. 내 체형엔 어울리지 않는 의상이라서 더욱 그렇다. 이 나이에 벌써 조카며느리가 생긴다는 것도 어색하기 짝이 없는데 어울리지도 않고, 나이 들어보이게 하는 한복을 입고 절을 받게 될 줄이야….

성격 좋은 작은형님의 조언을 받아들여 눈 한 번 꾹 감고 입기로 했다. 어차피 결정은 이미 나 있는 것이고 내게는 선택의 여지가 없었다. 며칠 후 작은형님과 LA한복집에 가서 최신식 디자인으로 골랐다. 내가 좋아하는 로얄블루에 핑크시스룩 윗저고리가 마음에 들었다. 나이에 안 어울린다고 한사코 손사래 치는 작은형님한테는 온갖 이유를 들어 핫 핑크색으로 골라 드렸다. 결혼식 당일 날 짧은 시간동안 입은 한복이었지만 외국인들에게 아름답다는 찬사를 많이 받았다. 역시 외국인들은 칭찬에 후하다.

그리고 며칠 후 시조카 부부가 멕시코에서도 결혼식을 올릴 예정이라는 연락이 왔다. 멕시칸 며느리니까 동네잔치 겸 그럴 수도 있겠다고 이해는 하지만 우리까지도 참석해야 하는 게 대략 난감했다. 남편은 형식적인 말투로 나에게 대표로 다녀오라고 했다. 그러나 남편의 말인즉, 자기 혼자서 다녀오겠다는 말이나 뭐가 다르겠나. 조카가 어릴 때부터 한집에서 살았으니 남편의 참석은 당연한 것이겠지만 난 가게 걱정이 더 클 수밖에 없었다. 남편이 없는 가게에서 일이라도 생기면 어떡하나…. 하는 걱정에 나는 나대로 생각이 많을 수밖에 없었다.

결국 작은아주버니와 남편이 멕시코로 떠났다. 준비물을 다 챙겨주긴 했지만 웃으면서 잘 다녀오라는 말조차 꺼내기가 너무 힘들었다. 남편의 부재를 예상치 못했을 뿐더러 가게운영에 대해 제대로 아는 것이 없었던 탓도 있었다. 남편은 나름대로 나와 아이들 걱정을 했겠지만 나는 그의 진심을 헤아리기엔 너무 머리가 복잡했었다.

　남편이 없는 동안 나는 더 열심히 일을 했다. 저녁에 가게 문을 닫고 나서 아이들 셋과 함께 외식을 했고, 다음날 저녁엔 영화구경까지 다녀왔다. 교회에서 한국학교 학부모 간담회 스케줄만 없었다면 아마도 1박 2일로 어디라도 다녀올 수 있었을 텐데 너무 아쉬웠다. 어떡해서든 남편 없이도 잘 지냈다는 것을 보여주고 싶었던 것을 보면 남편에 대한 섭섭함과 원망이 내게 또 오기를 불러일으켰었던 것 같다. 일종의 오뉴월의 서리와도 같은….

　멕시코에서 돌아온 남편은 내가 너무 보고 싶었다며 내 옆이 최고라는 말로 사람 마음을 또 간드러지게 했다. 멕시코에서 비 때문에 고생 좀 한 것 같긴 했지만 난 절대 한마디도 묻지 않았다. 관심 갖고 물어봤자 자기 고생한 것만 알아달라고 하려는 것을 알기에 오기로 참았다. 멕시코 공항에서 이런저런 일이 있었다며 얘기를 했지만 난 귀 기울이지 않고 듣는 척만 했다. 아마도 내게 "색시야, 처음으로 혼자서 가게일 하면서 애들 셋 데리고 지내느라 힘들었지?"라고 했다면 그동안의 마음고생이 눈물에 씻겨 내려갈 수도 있었을 텐데…. 이런 면에선 남편은 '적절한 타이밍'이라는 장애물 때문에 말로 천량 빚을 갚을 일은 없을 것 같다.

　남편과 작은아주버니는 날개는 없지만 두 발 달린 지구상의 천사이다. 순정만화 주인공 캐릭터 같다. 들장미소녀 캔디, 심청이,

콩쥐, 신데렐라, 굳세어라 금순아…. 왜 그럴까? 심성이 착한 캐릭터들은 악한 자들을 더욱 악하게 만들고, 착한 자들을 더욱 힘들게 만드는 오묘한 능력이 있다. 그 능력의 소유자임을 본인들만 모른다는 것이 신비스럽다. 능력? 의무감? 누구를 위한…?

Antique Store

우리 가게 길 건너편엔 꽤 큰 규모의 골동품점이 있다. Estate Liquidation(재산처분)을 전문으로 하는 곳인데 한 번도 가 본 적은 없지만 가구를 비롯한 골동품들이 꽤 많아 보인다. 우리가 음식장사를 하다보니까 이왕이면 근처에 유동인구가 많은 상점들이나 학원이 즐비했으면 좋으련만 바로 맞은편에 위치한 이 가게 때문에 사람구경을 좀처럼 할 수 없다는 것이 아쉽다.

가끔 가다 이른 아침에 손님으로 보이는 사람이 골동품점 안을 들여다보며 서성거리는 모습을 보게 된다. 혹시라도 가게 안에 있는 주인이 모르고 문을 잠가 놓았을까봐 내가 전화를 걸어보곤 하는 것을 보면 나도 좋은 이웃사촌이 가져야할 기본적인 매너는 있는 셈이다.

아침마다 주인 남자가 의자, 테이블, 서랍장 등을 낑낑대며 가게 앞에 진열해 놓는다. 오가는 차량이나 개와 함께 산책하는 사람들의 시선을 끌려고 하는 것 같다. 나는 같은 물건을 매일 보니까 어지간해선 시선이 몇 초 이상 머물진 않는다. 불경기라 너무 장사가 안 된다고 하던 대머리 주인이 요즘 들어 그의 작은 픽업트럭에 물건을 싣는 광경이 자주 목격된다. 누구의 불경기는 누구의 호경기라는 말이 실감날 정도이다. 작은 체구의 주인이 어떻게 저 큰 가구를 트럭에 올리고 내릴까 하는 나의 작은 걱정을 비웃기라도 하듯 그는 과학적이고 기계적인 계산에 익숙한 사람처럼 거뜬히 해내고 있다. 초등학생이 도르래를 이용하여 황소를 들어 올리는 것을 TV에서 본 적이 있는데 아마도 그 비슷한 원리를 알고 있는 듯 했다.

내가 무역회사에서 근무할 당시에 알게 된 한국지사의 팀장님과 의기투합하여 골동품 관련 일을 도모해 보기로 한 적이 있었다. 그런데 나는 골동품을 보는 안목도 없을 뿐더러 자금문제도 있고 하여 빈티지 제품으로 품목을 바꾸었다. 그분의 이모님이 한국 이태원에서 비슷한 업종의 사업을 하고 계셨던 터라 나는 발품을 팔아서 물건을 저렴하게 구입하여 보내 드리면 되는 일이었다.

혼자서 하기엔 벅찬 일이라서 남편에게도, 주위에 믿을만한 지인 몇 명에게도 부탁을 했었다. 하지만 당장 내 손안에 현찰이 쥐어지는 일이 아니라서 그런지 모두가 시큰둥한 반응이었다. 나 역시도 한동안은 길을 다닐 때 여기저기 눈 여겨 보고, 동네잡지도 뒤져보고, 동네 라디오 웹사이트의 사고팔고 란을 자주 뒤져보았었지만 별 수확이 없어서 그만 두었다. 그때 깨달았다. 골동품을 비롯해서 그 무언가를 수집하는 것도 보통 힘든 일이 아니라는 것을.

볼품없는 줄 알았던 가구 하나가 감정을 해보니 어마어마한 가치를 지니고 있었다는 내용을 골동품 감정 프로를 통해 자주 봐오긴 했다. 집안 대대로 물려 내려왔거나, 어디서 누군가에게 싸게 구입한 골동품들을 들고 감정을 받고자 긴 줄을 서 있는 사람들의 표정은 천차만별이다. 그래서 그런지 미국에선 이미 많은 사람들이 눈에 불을 켜고 골동품을 찾아 헤매고 다니고 있다. 모래 속에서 진주를 발견할 줄 아는 능력이 내게도 있다면 얼마나 좋을까….

바로 눈앞에 위치한 골동품 점과 우리 가게 사이엔 4차선 도로가 있다. 이 길을 불법으로 건너다니는 것도 쉽지 않아서인지 대머리 주인이 목숨 걸고 우리 가게에 식사를 하러 오는 경우는 자주 없다. 동네가 작아서 경찰차를 자주 목격할 수 있기 때문이다. 그래도 어쩌다 오게 되면 나와 요즘 경기에 대해 이런저런 대화를 나누곤 한다.

주중에 점심시간마다 고등학생들로 북적대는 우리 가게를 건너편에서 자주 봐오고 있었던 것 같다. 그는 우리 가게에 오는 손님들의 숫자로 우리 비즈니스가 잘 되는지 어렴풋 저울질을 해볼 수 는 있겠지만 나는 골동품점이 이 불경기에 어떻게 살아남는지 전혀 알 길이 없다. 대머리 주인은 그 건물 소유주가 아니라고 했다. 내 눈엔 드나드는 손님을 거의 볼 수가 없는데도 불구하고 저 큰 규모의 골동품 점을 오랫동안 유지하는 비결이 뭘까.

오늘은 웬일로 대머리 주인이 창문에 쓰여 있던 'SALE' sign을 일일이 지우는 것을 보았다. 베블렌 효과라도 시도해 볼 작정일까? 정확한 이유는 모르겠지만 골동품보다 훨씬 값어치 있을 그의 의지와 자신감이 느껴졌다.

기대와 실망

    내가 사는 동네는 이사 온지 2년 정도밖에 안 돼서 잘 모르겠지만, 30분가량 떨어진 엘에이엔 불법체류자가 엄청 많다는 얘기를 뉴스, 신문 또는 지인들을 통해 자주 듣는다. 그리고 그들에게 영주권을 내주겠다고 사기를 쳐서 이중삼중으로 상처를 받게 하는 나쁜 사람들이 있다는 얘기도 들었다. 다른 것도 아니고 어떻게 신분문제로 하루하루를 힘들게 살아가는 사람들에게 사기를 칠 수 있단 말인가. 정말 웬만한 양심이 아니면 감히 저지를 수 없는 죄라고 생각한다. 절벽 끝에서 한 가닥 희망에 모든 것을 걸었던 사람들이 정작 피해를 입어도 법적대응조차 하지 못한다는 것을 알고 사기를 치는 사람들의 인생은 과연 어떻게 끝날지 자못 궁금해진다.

다년간 많은 종류의 다이어트 식품을 먹어보았다. 부질없는 짓이라는 것을 알면서도 비싼 돈을 들여 사먹는 내 모습이 간혹 한심해 보이기도 했지만 혹시나 하는 기대는 쉽게 떨쳐 버릴 수가 없었다. 풍선처럼 부푼 기대가 나중에 늘 실망감으로 날 좌절시키곤 했어도 말이다. 40대는 불혹의 나이라지만 광고의 유혹을 뿌리치기가 쉽지 않다. 무릎에서 삐걱거리는 소리가 날 때마다 '난 심한 운동을 하면 안돼.'라는 주문을 외곤 하다 보니 운동보다는 약물에 의존하고픈 마음이 강해진다. 심신이 게을러진 탓 일 게다. 수술대 위에 누워 내 몸을 칼에 맡길 용기도 없거니와 소화기관이 안 좋아서 황제다이어트를 할 수도 없기에 더욱 그랬다.

먹어봐도 별 소용없는 다이어트 약이나 식품에 더 이상 내 몸을 의지하면 안 되겠다는 생각이 들었다. 만족하면 발전이 없다지만 갑자기 바뀌지 않을 내 몸에게 좋은 느낌을 갖고 살아보도록 노력하려고 한다. 나 자신을 더 많이 아끼고 사랑하기 시작하면 약간씩의 변화가 생기지 않을까?

싱글로 지낼 때 가끔 들어오는 맞선 주선이 있을 때마다 기대감에 부풀 때가 있었다. 나를 오랫동안 지켜본 사람들이니까 알아서 해주겠지…. 하지만 이 또한 착각이었다. 영주권자, 기독교인, 그리고 직업이 있는 사람. 이 세 가지 조건만을 내세웠거늘 세 가지 모두에 해당되는 사람들이 없었다. 가까운 지인끼리의 맞선 주선은 정말 어려운 일인 것 같다. 결국 내 사랑은 내 손으로 찾긴 했지만 나 역시도 사람소개는 조심스럽게 해야 한다는 것을 실감했다.

일 년에 몇 번 신문에서 수필 공모전을 접하게 된다. 입문한 지 이제 겨우 2년 남짓된 새내기 수필가이면서도 공모에 응시할 때마다 혹시나 하는 기대를 갖고 하루하루를 기다리는 마음은 마치 연애편지를 기다리는 아가씨의 마음과도 같으리라. 적당한 긴장감은 삶에 활력을 불어 넣어 주는 것 같다. 글을 잘 쓰는 분들이 너무 많아서 내겐 아직도 먼 나라 이야기 같지만 꿈을 이루는 날까지는 도전을 게을리하지 않을 생각이다.

큰아들이 과학에세이대회에서 미국 전체 응모자중 1등을 하여 500불의 상금을 탄 적이 있다. 그런데 이번 주에 라디오 방송에 사연을 응모하여 내가 620불 상당의 경품을 타자 발등에 불똥이 떨어진 듯 아들의 눈이 지글지글 타올랐다. 아마도 조만간 내 상금액수를 능가하는 그 무언가를 이루어 낼 듯한 기세다. 학교에서도 에세이 하나를 쓰려면 40분 동안 생각하고 10분 안에 허겁지겁 종이를 메꾸느라 미완성 작품에 만족해야 했던 아들이었다. 수필가 엄마를 만나 자연스럽게 동기부여가 되었으니 남편이 고마워하는 건 당연한 일인지도 모르겠다.

아이들에 대한 기대감은 부모라면 모두 갖고 사는 게 아닐까.

늦깎이 엄마가 된 나는 엄마로서, 학부모로서 어떻게 해야 하는지 전혀 아이디어가 없었다. 단지 옛날 우리 엄마가 우리에게 하셨던 말과 행동 등을 어렴풋이 기억해 내어 조금씩 따라 해보는 것뿐. 어떤 것이든 정답은 없는 것 같다. 집집마다 상황이 다르고, 자라온 환경도 다르기에 자녀교육을 어떻게 해야 하냐는 질문은 하지 않는 것이 낫다는 것쯤은 나도 알고 있다. 단지 한 가지 한 가지씩 시도해 보면서, 겪어가면서, 내 지식과 상식에 의존해 볼 수밖에….

처음엔 잘못을 꾸짖으며 다신 안하겠다는 아이들의 약속을 철썩같이 믿던 때도 있었지만 60%정도만 따라주어도 만족해야 한다는 것을 깨달았다. 나 역시도 우리 부모님한테 100점짜리 딸이 아니었음을 잘 알기에…. 기대와 실망은 반비례적 관계인만큼 너무 높은 기대치로 아이들과 나 자신을 힘들게 하지 않도록 자주 재점검을 해야겠다.

시어머니 자격

　11살짜리 큰딸이 작년 말과 올초까지만 해도 배앓이를 자주 했었다. 아침에 해주는 프렌치토스트가 맞지 않았는지 학교에 가서 구토를 하는 바람에 중간에 학교에 가서 데려와야 했고, 다음날까지 결석을 하기 일쑤였다. 이 동네 학교에선 학생이 구토를 하면 24시간 이내에 학교에 갈 수가 없기 때문이다.

　집에 데리고 오면 언제 그랬냐는 듯 멀쩡해지는 아이와 함께 결국 소아과 문을 두드렸다. 처음 보는 50대 중후반의 여의사가 랩탑을 두드리면서 눈도 마주치지 않은 채로 내게 질문을 쏟아부었다. 약간은 좀 성의 없어 보인다는 생각이 들었지만 환자의 엄마인지라 꾸역꾸역 죄인처럼 답변을 했다. 어느 정도 정보파악 작업이 끝났는가 싶더니 나를 돋보기안경 너머로 빼꼼히 쳐다보며 다짜고짜 "아이가 정신적인 문제가 있네요."라고 했다.

갑자기 시어머니로 둔갑한 의사의 부질없는 잔소리를 한참동안 듣고 나서야 병원 문을 나섰다. "엄마, 나 crazy 아닌데요…." 정신적인 문제가 있다고 하니까 아이로서는 자기가 미쳤다고 진단한 것으로 오해한 것이다. 다음날부터 큰딸에겐 프렌치토스트를 주지 않았고, 딸은 더 이상 구토증으로 인해 학교를 빠지는 일이 없어졌다. 상황 설명을 했는데도 불구하고 의학적으로 설명할 수 없는 일이면 정신적 문제로 넘겨버리는 의사의 태도가 정말 마음에 들지 않았다.

그 일이 있은 지 얼마 후, 차일피일 미뤄오던 13세 큰아들의 턱관절 문제를 해결코자 남편의 지인이 소개한 턱관절 전문의를 찾아 갔다. 턱관절 전문의사인 딸은 그날따라 없었고, 대신 엄마 한의사가 진료를 했다. 전문의가 아니라서 썩 내키지는 않았지만 자신을 전문가 이상으로 소개를 하는 엄마 한의사를 어쩔 수 없이 믿어 보기로 했다.

한의사가 우리 모자를 진료실로 데려가더니 아들의 턱 부위를 누르자 아들이 아프다고 비명을 질렀다. 한의사는 갑자기 내게 언성을 높여가며 다그치듯 말을 했다. "아니, 아들 앞길 막을 일 있어요? 머리 좀 잘라야지 앞머리가 왜 이리 길어요? 머리가 눈을 찔러서 눈도 빨갛고…. 아들이 턱관절만 아프다고 생각하세요?

여기저기 다 아프니까 턱으로 올라온 거예요. 아들을 이렇게 만든 게 엄마 아니겠어요. 애가 엄마 때문에 오랜 기간 동안 스트레스를 받아서 이런 거예요. 애한테 너무 다그치지 말고 주눅들게도 말고 격려를 많이 해주세요!"

'헐~~~~!' 난 황당하고 어이가 없었다. 침 한번 꼴깍 삼킨 뒤 "애는 잘하고 있는데요…?" 라고 했다. "엄마 때문에 애가 이렇게 됐는데? 어휴, 엄마는 나가 있어요. 당장! 나가서 문이나 열어줘요. 밖에서 누가 초인종 누르니까." "… 제가요?" "그럼 내가 나가서 문 열면 아들은 누가 진료해요?" 어처구니없는 상황에 어이가 없었지만 일단은 한의원 출입문을 열어 손님들이 안으로 들어오게 해준 뒤 대기실에 앉았다. 그러나 기다리는 내내 몸속에서 뭔가 부글부글 끓어오르는 것을 느꼈다. 이대로 내가 후퇴를 하면 이 집에 다신 안 오려니와 평생 두고두고 후회를 하게 될 것 같았다.

아들이 30여분 동안 부황과 침을 맞은 듯 했다. 한의사가 내게 와서 다급하게 말했다. "아들이 입에서 심한 냄새가 나는데 오장육보에도 문제가 많은 것 같아요. 몸속에서 올라오는 냄새거든요." 어떻게 해야 하냐는 나의 질문에 턱엔 냉찜질을 해주고 나머지 증상은 일주일에 한 번씩 와서 침을 맞으며 치료를 받아야 한다고 했다.

"저랑 얘기 좀 하실까요?"라고 하니까 주위 손님들의 눈치가 보여서 그랬는지 나를 곧바로 원장실로 안내했다. "왜? 무슨 할 얘기라도…?" 깊~~게 심호흡을 한 뒤 나도 물었다. "혹시 저 아세요?" "아니, 오늘 처음 봤지" "그럼 우리 아들 아세요?" "아니, 왜요?" "그런데 왜 처음 보는 저한테 말을 그렇게 함부로 하세요?" 순간 한의사의 표정이 놀란 듯 굳어졌다.

나는 아랑곳 않고 이야기를 이어갔다. "제가 우리 아들 키운 지…."라고 하자 "13년!"이라고 단호하게 말하는 한의사의 말을 잘라먹듯 말했다. "13년이 아니라 11개월밖엔 안 됐어요. 네, 저 재혼이거든요. 그리고 아들하고 저하고 잘 지내고 있고, 나름대로 계획 세워서 잘 키우고 있어요. 그런데 애 앞에서 저한테 오랫동안 엄마 때문에 스트레스를 받았느니, 가슴이 뭉쳤다느니, 주눅을 들게 했다느니…. 잘 알지도 못하시면서 왜 그런 말을 하시죠? 애가 스트레스 때문에 살찐 게 아니라, 살이 찐 상태로 저를 만난 것이고 그나마 운동을 시켜서 이 정도로 빠진 거예요. 눈이 빨간 건 아침에 운동하자마자 샤워만 하고 여길 와서 열이 덜 식어서 그런 거고, 입에서 냄새가 나는 건 급하게 오느라 양치질을 못해서 그런 거구요. 제가 얼마나 황당했는지 밖에서 기다리는 내내 기분이 나빴어요. 이대로 가면 뒤에서 불평하게 될까봐 직접 말씀드리는 거예요."

"어머! 난 둘이 너무 닮아서 친엄마인 줄 알고 그랬어요. 너무 미안해서 어쩌죠? 내가 실수를 했네…."라며 어쩔 줄 모르는 표정으로 나를 덥석 안았다. 그리고 아들을 방으로 데려오더니 "내가 잘 모르고 친엄마인 줄 알고 그랬어. 지금 엄마는 너한테 아주 잘하고 계시니까 너 엄마 말 잘 들어야 한다, 알았지?"

쩝! 친엄마는 야단맞아도 되고, 새엄마는 아니다…? 정말 어처구니없는 변명이다. 무슨 자격으로 내게 시어머니처럼 잔소리를 했는지 모를 일이다. 게다가 처음 본 사람한테 미주알고주알 설명을 하고 있는 내 자신에게도 짜증이 났다. 나이 드신 분이 극구 사과를 하기에 그쯤 해두고 그냥 집으로 왔다. 나중에 남편에게 말했더니 나보다 더 기분 나빠했다. 엄마의 부주의로 아이가 아픈 것이니까 한약도 먹이고 침도 맞게 하려는 상업전략이 깔린 몰상식한 방법이었다고 했다. 어차피 돈은 부모가 지불할 텐데 왜 부모한테 함부로 대하는지 정말 모를 일이다.

되지 않는 이유로 몰상식하게 환자의 부모를 대하는 시어머니 같은 소아과 의사들이 아직도 존재하고 있다면 각성해야 할 게다. 자원봉사도 아니고 진료비를 다 받을 거면서 왜 환자 부모를 죄인 취급하는가 말이다. 정죄보다는 위로가 필요하다는 것을 배우지 못한 것인지, 배우고도 잊은 것인지, 아니면 그것이 한국 사람들한테 먹히는 방법이라고 생각하는 것인지…. 소아과 의사에게 시어머니 자격까지 부여하는 법이 언제 통과되었는지 알 수 없지만 반드시 무효화시켜야 할 것이다.

그 엄마 한의사의 딸이 최근에 아이를 낳았다고 한다. 그 딸도 언젠가 나와 같은 수모를 겪게 된다면 엄마로서 뭐라고 위로를 해주고, 의사에겐 어떤 반응을 보일지 사뭇 궁금하다.

5

크리스마스 2013

꼬마손님들의 공백

지금 사는 동네에서 아이 셋을 키우다 깨달은 건 '학교가 쉬는 날이 너무 많다!'이다. 결혼 전에는 내 주위에 학생들이 없어서(?) 신경을 쓰지 않아서(?) 잘 몰라서(?) 아니면, 관심이 없어서(?) 그랬는지는 모르겠지만…. 공휴일은 물론 달력에 무슨 글씨 하나만 써있어도 쉬고, 선생님들 회의한다고 쉬고, 성적표 정리해야 한다고 쉬게 하고, 선생님들 은행가야 한다고 늦게 등교를 시키라고 하질 않나, minimum day라고 일찍 집에 보내는 날이 허다하다.

이도저도 없는 달은 일을 만들어 하루 이틀 정도는 학생들의 발을 꼼짝없이 집에 묶어두곤 한다. 게다가 추수감사절이 있는 주는 일주일 내내 방학이다. 예전 우리 학창 시절엔 목, 금요일만 쉬던 때와는 완전히 달라졌다. 선생님들 월급은 제대로 받아 갈 텐데 왜 이리도 불규칙한 스케줄이 많은지 모르겠다. 고등학교 스케줄에 의해 우리 가게의 매상이 많이 좌우되다 보니 이런 불평도 하게 되는가 보다.

평소 점심시간이 되면 우리 가게 앞에서 북적거리는 고등학생 손님들로 인해 일반 손님들이 오기를 꺼려 할 정도였다. 아마도 사춘기 청소년들이 많다보니 섣불리 그 어떤 일에도 엮이고 싶지 않은 마음도 있었을 게다. 처음엔 학생들에게 많이 먹고 빨리 자라라는 의미에서 감자튀김을 덤으로 듬뿍 담아 주었다. 우리의 선한 생각과는 달리 학생들이 감자튀김을 서로에게 던지며 장난을 치는 것이 며칠 동안 목격이 된 후로는 다시 양을 줄일 수밖에 없었다. 사춘기 아이들은 어디로 튈지 모르기에 늘 조심스럽지만 자식 같은 아이들이라 친구처럼 친근하게 대해 주었다.

그 정겹던 북적임도 여름방학의 시작과 함께 온데간데없이 사라졌다. 학교 내에서 여름방학 프로그램이 개강되었지만 점심시간 즈음에 수업이 끝나는지 점심을 먹으러 오는 학생들이 거의 없다. 가게 개업 후 첫 3개월 동안 엄청 바쁘다가 갑자기 너무 한산해지니까 가게에 있는 것도 재미없고 심심하기 짝이 없다. 학생들을 위한 특별메뉴도 잠시 중단된 상태라서 가게 영업시간이 끝나고 남편과 둘이 남아서 다음날을 위해 준비할 일도 거의 줄어들었다.

　점심에 햄버거 콤보를 5불에 사먹는 아이들은 그나마 집안 형편이 좋은 편이라고 봐야 할 것 같다. 학교 구내식당에서 파는 점심 가격은 2.50밖에 되지 않는다. 나 역시도 우리 아이들에게 점심 값으로 하루에 5불씩 지출하게 해줄 수 있는 여력은 없다. 세 명이면 하루에 15불, 일주일이면 75불, 한 달이면 300불인데… 자동차 할부금과 맞먹는 액수이다. 9학년인 내 아들은 점심시간마다 가게에 와서 이것저것 가져다 제 친구들과 함께 나눠 먹곤 했었다. 한참 먹을 나이에 가게에 와서 먹고 싶은 것을 실컷 먹을 수 있는 사람은 이 고등학교에서 우리 아들 한 명뿐이다. 그 점에 대해서 감사하는 마음을 가져야 한다고 말해 주었지만 아직 실감할 나이는 아닌 듯하다.

　꼬마손님들을 맞이하던 서쪽 방향에 위치한 작은 창문으로 시선이 자주 간다. 무더운 여름 날씨지만 텅 빈 공간의 분위기는 늦가을을 연상케 한다. 그 창문 아래에 의자 하나 펼쳐놓고 앉아 있다 보니 이런저런 생각들이 스쳐지나갔다. 학생들이 손 안 가득 들고 오는 동전을 세던 일, 얼마나 꼭 쥐고 왔는지 손바닥 안에서 여러 차례 구겨졌거나 공처럼 돌돌 말린 지폐를 받아 다림질하듯 펴던 일, 가끔은 돈이 모자라 외상을 주던 일, 인사성 바르고 착한 아이들에게는 이것저것 공짜로 챙겨주던 일… 등등. 50센트짜리 동전, 1불짜리 동전, 2불짜리 지폐⋯. 일반적으로 어른들은 잘 사용하지 않는 것들을 학생들은 어디서 났는지 정말 많이들 가져왔었다.

자기 이름을 기억해 달라며 매번 나의 기억력을 테스트하던 Eric, 나만 보면 'Hello, Beautiful~!' 하며 장난을 치던 Nick, 단 하루도 빠짐없이 2번 타자로 나타나서 햄버거 콤보를 사가던 Daniel(1번 타자는 물론 먹성 좋은 나의 아들이다), 배꼽인사를 빠짐없이 하던 교회 집사님 아들, 새치기에 재미 붙인 개구쟁이 녀석들, 내 화장법이 좋다고 칭찬하던 소녀들⋯. 그 많던 학생들이 다 어디로 간 것일까?

이 산동네에 딱 하나밖에 없는 고등학교에 다니던 그 많은 학생들이 무더기로 여행을 떠난 것도 아닐 텐데 좀처럼 아이들의 그림자도 볼 수가 없으니 정말 궁금하다.

개학이 되면 변함없는 맛과 가격, 그리고 우리 부부의 따뜻한 미소로 반갑게 맞아주어야겠다. 꼬마 손님들의 공백을 메꾸어 줄 일반 손님들의 북적임을 기대해 본다.

크리스마스 2013

　나이가 들수록 지갑을 메마르게 하는 크리스마스가 달갑지만은 않다. 받는 것보다 줘야하는 사람들이 많아져서 그런 것 같다. 자영업자이다 보니 직장 다닐 땐 늘 받던 연말보너스도 없고, 연말연시라서 가게수입도 줄어드는데 지출은 늘어나니 예수님 탄생일이 기쁘기만 하겠는가. 우리 아이들 셋은 다음 주에 교회에서 주관하는 겨울수련회에 보내주는 것으로 선물을 대신했다. 1년 중 유일한 저수입, 고지출의 달이기에 더 이상의 지출을 발생시키지 않고자 내린 결정이었다.

　올해 크리스마스 파티는 여섯째 동생네 집에 모여서 하게 되었다. 각자가 잘 만드는 요리를 가져오기로 했는데 우리는 닭다리 한 박스를 가져가서 바비큐를 했다. 넷째네는 김치해물만두와 하와이언 김밥인 무수비를, 막내는 자타가 공인하는 육개장을 두통이나 끓였다. 가족 수가 많다보니 음식 양도 어마어마했다. 대가족에서 자란 탓에 다들 손이 커서 음식을 만들다보면 양이 많아져 냄비를 두어 번 갈아타야 하는 일이 비일비재하다.

남편이 바비큐를 하는 동안 나는 딱히 할일이 없어서 스타벅스에 입맛대로 주문받은 커피를 사러 갔다. 30년 이상을 살았던 동네인데…. 너무 오랜만에 내려가서 그런가…. 뇌속 네비게이션의 작동오류로 인해 프리웨이를 또 잘못 타고 말았다. "그럼 그렇지…!" 길을 헤매지 않고 한 번에 가는 게 더 이상하다고 스스로를 위로하며 반대방향으로 차를 돌렸다.

예전에 늘 가던 스타벅스에 도착하니 크리스마스라고 문이 닫혔다. 빈손으로 동생 집에 되돌아와 신발을 벗다가 막냇동생의 말 한마디에 다시 신을 집어 들었다. "언니! 다른 스타벅스는 문 열었어. 줄이 길어서 그렇지." 빨리 다시 가서 사오라는 소리다. 막냇동생이다 보니 나이가 들어 애 엄마가 된 지금도 부리는 어리광에 언니들은 춤을 춰줄 수밖에 없다. 동생이 아니라 가정법의 관대한 특혜와 보호를 받고 있는 조폭두목 같다.

연휴라서 손님이 없을 것 같은데도 오히려 반대의 현상이 일어나는 것이 신기했다. 음식이야 집에 쌓여있겠지만 스타벅스 커피는 스타벅스에서 사 마셔야만 참맛을 느낄 수 있다는 강한 믿음 때문일까…. 아니면 한 곳이 문을 닫아 다른 곳으로 몰려들게 하려는 희귀성의 원칙을 이용한 마케팅일까…. 스타벅스는 그런 면에선 신적인 존재인 것 같다. 손가락이 두 개뿐인 여신이 그려있는 스타벅스 컵에 수돗물을 담아 마시면 물맛이 달게 바뀌는 비결이 궁금하다. 단순한 세뇌게임일까?

어린 아이들만 해도 열 명이나 모였다. 그것도 여섯 명이 빠진 숫자였다. 아이들끼리 선물교환도 하고 사진도 많이 찍어주었다. 내 경험상 사촌들끼리는 나이가 들면 연락하며 지내기가 쉽지 않다. 우리 세대는 아이들끼리 서로 연락하며 살도록 자주 모여 친목을 다져 두어야겠다는 생각이 들었다. 어른들이 조금만 부지런하면 가능한 일이다.

막냇동생이 JIPJAP이라는 온라인 프로그램을 이용해 재밌는 동영상 몇 개를 만들었는데 다들 배를 잡고 웃다 울다를 번복해야만 했다. 가족들 사진을 합성하여 뮤직동영상을 만든 것이다. 가족마다의 개성을 한껏 살려 만들었는데 정말 이 기발한 아이디어를 우리끼리만 보기엔 너무 아깝도록 재밌고 웃겼다. 사람이 많다 보니 갖고 있는 달란트도 가지각색이다.

시댁에 먼저 들렀다가 조금 늦게 합세한 작은언니네 가족이 오면서 집안은 두세 배로 더 시끌벅적해졌다. 큰조카가 파트타임 일을 해서 번 돈으로 어른들을 위한 선물을 사들고 왔다. 어리다고만 생각했던 조카가 언제 이렇게 커서 이젠 선물을 주는 입장이 되었나 생각하니 기특하고 대견했다.

작은언니는 절대 이런 기회를 놓치지 않았다. "남자들은 받은 선물 지금 열어서 입고 그룹사진 찍으세요~!"라는 언니의 주문에 다들 찍 소리 없이 서둘러 선물 받은 옷을 입고 사진을 찍혔다. 그 옆에선 동생 하나가 한국에 전화를 걸어 돌아가면서 한 사람씩 아빠 엄마와 통화를 하기도 했다. 부모님이 제일 좋아하실 가족모임이니 기회를 놓칠 리 없었을 게다.

9시 반이 넘어서야 나눠주는 음식물과 선물들을 싸들고 동생 집을 나섰다. 작은언니가 1월 1일에 떡국 먹으러 다시 모이자고 했지만 너무 시간이 빠듯하다는 이유로 구정으로 미뤄졌다. 우리 아이들은 이미 구정에 다시 만날 친척들을 생각하며 신나한다.

사랑엔 '밥'이 큰 비중을 차지하는 것 같다. 가족을 위해 정성스레 만든 음식이 바로 사랑이 아닐까.

내년 크리스마스엔 경품이 걸린 가족 동영상 대회가 열릴 예정이다. 아이들이 좋아할 만한 경품을 연구해 봐야겠다.

나이테

    얼마 전부터 눈 화장을 할 때마다 눈가에서 눈물이 자꾸 나오는 바람에 화장이 번지기 시작했다. 바깥 날씨가 너무 추워서 그런 건지 아니면 바람이 너무 세게 불어서 그런 건지…. 도대체 왜 끈적끈적한 눈물이 나오는지 이유를 모르겠는 거다. 생각난 김에 인터넷을 뒤져보니 잘못된 눈 화장시 눈물과 기름이 나올 수 있다고 했다. 끈적한 액체가 기름이었다니…. 그나마 다행이란 생각이 들었다.

    얼른 눈 화장법을 바꿨더니 쉴 새 없이 흐르던 기름진 눈물이 멈췄다. 덕분에 거울을 통해서 오랜만에 내 얼굴을 실컷 구경했다. 늘 시간에 쫓겨 대충대충 봐오던 얼굴이 아니었다. 눈이 처진 것이 보였다. 20대 초반부터 매일 아침저녁으로 발라온 아이크림의 덕을 본 것인지 아니면 돈 낭비만 해온 것인지는 알 수 없다. 그래, 그냥 좋은 쪽으로 생각하자! 나쁜 생각은 오래 해봤자 바뀌는 것 없이 마음만 상하니까.

나무의 나이테는 기둥이 잘리지 않는한 볼 수 없다. 따라서, 나무는 죽기 전까지는 누구에게도 나이를 들킬 일이 없는 게다. 부~럽다! 인정하고 싶지 않겠지만 만물의 영장인 사람의 나이테는 주름이다. 팔자주름, 눈주름, 목주름, 손주름…. 주름은 피부가 상해서 생겨난 잔줄이라고 한다. 쇠다리미로도 펼 수 없는 아주 막강한 주름들은 쉬지도 않고 밤낮없이 일을 하는가보다.

창문을 통해 흘러들어오는 햇빛에 얼굴을 들이대고 손바닥만한 손거울을 꺼내 들었다. 얼굴 피부가 푸석푸석해 보이고, 화장도 겉도는 느낌이었다. 밝은 곳에서 보니까 현미경을 갖다댄 것처럼 솜털까지 너무 잘 보인다. 내 얼굴이 아니라고 궁색한 변명이라도 하고 싶다.

언제 생겼는지 목에도 2차선 도로가 생겼다. 목주름은 수술로도 펼 수가 없다던데…. 여자들이 나이 들어 목에 스카프를 두르거나 목걸이 악세사리의 사이즈가 커지는 이유 또한 목주름을 최대한 커버해 보려고 하는 것 아니겠는가. 신경이 쓰인다. 하지만 이 또한 지나가리라. 신경 쓸 때만 신경 쓰이는 것은 무시하고 넘어가도 될 것 같다.

염색약을 요리조리 잘도 피해 생존해 있던 은빛 새치들이 햇빛에 반사되어 유난히 더 반짝거렸다. 내 인상을 찌푸리게 만드는 죄를 지었으니 사형선고를 (뽑아버림) 내릴까 하다가 머리숱이 신경 쓰여 그대로 두었다. 어차피 내 두피에서 뽑혀 나갈 때까지는 새치용 염색약을 꾸역꾸역 삼켜줘야 할 테니까. 유행 따라 살겠다고 머리카락을 못살게 굴었던 탓에 그 많던 머리숱이 현저히 줄어버렸다. 머리카락 두께 역시 눈에 띄게 얇아지고…. 머리카락도 신체의 일부라 생각하고 건강하게 보존하지 못한 죄를 달게 받고 있다.

밤을 새워 무언가를 한다는 것이 더 이상 불가능해졌다. 눈에 힘이 풀릴 뿐만 아니라, 목을 가누기도 힘들고, 뱃속에서는 쿠토 현상까지 일으키며 잠자게 해달라고 시위를 하기 때문이다. 배고픔을 참지 못한 지 이미 수년째이다. 손이 부들부들 떨려서 이러다가 영양실조로 쓰러지는 건 아닌가 하는 공포감마저 들기 시작한 때부터 굶기를 포기했다. 나이 들어서까지 아름다운 몸매를 유지하는 몇 안 되는 여성분들에게 힘찬 박수와 응원을 보내고 싶다.

작은 아주버니께서 어제 안과에 가신다고 평소보다 가게에서 일찍 떠나셨다. 연세가 있다 보니 눈에 이상이 생기려는 낌새가 있었나 보다. 겉으로는 태연한 척 하셨지만 아무려면 속까지 그랬으랴. 누구나 다 병원에 가기 전엔 이런저런 상상으로 마음이 두 근 반 세근 반하며 갈까말까를 수도 없이 번복해 보지 않던가. 나 역시도 병원에 가는 것이 소가 도살장에 끌려가는 것처럼 싫고 두렵다.

오늘 가게에 오셨길래 어떻게 되셨냐고 여쭤보니 갑자기 얼굴에 광이 나는 것처럼 밝아지셨다. 안과의사의 말인즉슨, 아주버니의 눈은 현재 나이에 비해 10년이나 더 건강하다고 했단다. 아주버니가 의사에게 답변하시길 "책과 컴퓨터를 멀리 하고 사니까 눈이 건강할 수밖에요." 아주버니의 썰렁한 유머감각이 되살아나서 정말 다행이다.

얼굴에 보톡스를 하는 연예인들을 보면서 "제대로 웃지도 못하고, 부자연스런 표정을 감수하면서까지 저러고 싶을까?" 라는 의문이 들었었다. 하지만 늘어나는 내 몸의 나이테를 보면서 나도 별 수 없을 거라는 생각이 들었다.

아름답게 늙는다는 것의 올바른 정의는 무엇일까. 외면? 내면? 한 가지 선택을 하기에 앞서 먼저 자신을 사랑하는 것을 멈추지 않는 것이라고 정의를 내려야 할 것 같다. 거기에 마음을 아름답게 다스리는 연습을 매일 해 나간다면 금상첨화이리라.

무소유

미국에 이민 와서 처음으로 거지를 봤을 땐 적잖이 놀랐다. 거지가 영어로 구걸하는 것이 신기하기도 했지만 이 거대한 부유국가에도 거지가 있다는 사실이 13세였던 내겐 자연스럽게 받아들여지지 않았다. 미국이라는 나라는 초콜릿으로 만든 집도 있고, 큰 키, 금발머리, 파란 눈의 백인들이 많이 살 거라는 상상만 하고 왔기에 더 그랬던 것 같다.

금발의 여자를 멍청이에 비유하면서도 수많은 여자들이 금발로 염색을 하고 다닌다. 단지 남자들이 금발을 선호한다는 이유만으로 여자들은 욕하면서 욕먹는 짓을 하고 있는 것이다. 금발이 어느 부분에선 필요악인 셈이다. 만약 그렇다면, 감춰진 우리의 동정심을 일으켜 선행을 하도록 유도하는 거지들 또한 이 사회의 필요악은 아닐까?

미국거지들의 수치심 없는 뻔뻔함이 오히려 당당하게 보일 때가 많다. 남의 눈치 보느라 쭈뼛거리는 사람들에 비해 대담하고 자신감 있어 보이기도 한다. "한 푼만 줍쇼!"가 아니라 "남는 돈 있으면 나눠줄 수 있어?" 이다. 대형 슈퍼마켓의 카트를 가져다가 이불, 옷, 살림살이 등을 머리 위 높이까지 쌓아올리고 태연하게 거리를 활보하기도 한다. 한국처럼 리어카가 있었다면 아마도 그들의 선호 아이템 1번이 되었을 게다.

운전자들은 그들이 교통규칙을 무시해도 묵묵히 참아내야 한다. 거지를 상대로 싸운다는 것 자체가 무의미해서 그럴 것이다. 신호등이 없는 도로를 맘대로 건너 다녀도 차를 세우고 그들이 안전하게 지나갈 때까지 기다려야 한다. 고속도로 입구에 빈번이 나타나는 푯말 거지들의 발걸음은 늘 분주해 보인다. 몇십 초 안에 소득을 올려야 하기에 동에 번쩍 서에 번쩍 미제 홍길동이 되어 차창을 통해 내미는 돈을 거두어간다.

그들에게 돈을 주느냐 마느냐를 놓고 팽팽한 논쟁거리가 되기 다반사였다. 받은 돈으로 술이나 마약을 살 텐데 오히려 피해를 주는 것이라는 사람들이 많았다. 그 돈으로 뭘 하든 상관 말고 줘야 한다는 사람들도 있었다. 거지들의 구걸방법도 점점 업그레이드 돼가고 있다. 갓난아기를 업고 다니는 젊은 엄마부터, 임산부, 목발을 짚고 서서 어린 아이들에게 돈을 받아오게 하는 아버지까지 다양해졌다.

구걸이 무슨 직업인 것처럼 여겨질 정도로 같은 장소이지만 사람이 수시로 바뀌기도 한다. 누군가의 말에 의하면 몇 군데 장소를 물색해 놓고 옮겨 다니며 구걸을 한다는 것이다. 오랜 불경기 탓인지 세금걱정이 전혀 없는 불로소득자들이 점점 사람들에게 외면을 당하고 있다. 어쩌다 거지들이 적선을 받고나면 늘 하는 말이 있다. "God Bless You!" 그들이 크리스챤인지, 아니면 적선을 하는 사람들을 크리스챤이라고 생각하는지는 알 수 없지만 하나님이 그들을 잊지 않고 돕는다고 생각하는 것은 그나마 다행스러운 일이다.

가뭄에 콩 나듯 한 번씩 신문기사에서 접하게 되는 기이한 뉴스가 있다. 집 없이 떠도는 거지 중에서도 상상을 초월하는 부자가 있다는 것이다. 돈, 명예, 가족이 다 싫다고 홀가분하게 살고 싶어 그럴 수도 있을까 하는 의구심이 들기도 한다. 하지만 가끔은 모든 걸 다 털어버리고 멀리 떠나고 싶은 마음이 드는 사람들이 적지 않을 텐데, 적어도 그 신문기사의 거지는 이들보다는 인간의 한계를 넘어서는 용기가 있었던 것 같다.

한국에선 속세를 등지고 산속의 절로 들어간 스님들이 이 집 저집을 다니며 시주를 받는 것을 많이 봤었다. 훗날 불교신자들이 절을 직접 찾아가 공양하기 시작하고부터는 스님들이 육체적 고통을 많이 덜었을 것 같다. 얼마 전 엘에이에 갔다가 주택단지 안에 작은 절들이 여기저기 있는 것을 보았다. 정말 놀랄 일이다. 이젠 산속이 아닌 세상에서 사람들과 동거동락하려는가 보다. 부처님이 이런 변화에 대해서 어떤 반응을 보일지….

《무소유》라는 책을 쓰신 법정스님이 생각난다. 무소유, 내려놓는다는 것, 훌훌 털어 버린다는 것, 그 어떤 것에도 집착하지 않는다는 것은 어떤 의미일까. 과연 무소유로 살면 마음이 편해질 수 있을까.

중독성

나는 무언가에 관심이 생기면 질릴 때까지 먹거나 해보는 이상한(?) 취미가 있었다. 먹고 싶은 것을 못 먹고 산 적도 없다. 당장 할 수 있는 것을 뒤로 미루지도 않는 편이다. 아마도 혼자 사는 동안은 나 위주로 살아왔었기에 가능했던 것 같다.

30여 년 전 한국마켓에서 게맛살이 처음 시판되었을 때 너무 맛있어서 박스째 사다가 실컷 먹었던 기억이 있다. 한국 귤 또한 그랬었다. 손가락이 귤껍질로 인해 노랗게 변할 때까지 박스째 껴안고 까먹었다. 엄마네 놀러가면서 삶은 오징어를 실컷 먹고 싶다고 했더니 10마리나 손질해서 준비해 두셨다. 다리만 해도 100개···. 원 없이 실컷 잘 먹은 것까지는 좋았는데 결국 체해서 그 후 오랫동안 오징어라면 진저리를 친 적도 있었다.

작은형부가 '초밥 왕'이라는 만화책을 20여 권이나 얻어다 준 적이 있다. 그 공짜 만화책 20권을 끝까지 다 읽을 때까지 스시를 얼마나 자주 먹었는지 모른다. 흑백 만화였지만 스시의 자르르한 윤기와 시식한 후 놀라는 사람들의 표정들은 나의 식욕을 자극하기에 충분했다. 책을 한 번 손에 쥐면 끝을 봐야 내려놓는 습관이 초밥 왕을 읽으면서 바뀌어 버렸다. 중간 중간에 언니와 스시집으로 달려가 허기진 배를 채워야 했었기 때문이다. 덕분에 여유로운 독서습관이 생겼으니 고마운 일이다.

작년 초에 그만 두게 된 회사를 6년 전에 입사할 때의 일이다. 면접 인터뷰가 목요일 오전에 있었다. 인터뷰가 끝나고 집으로 돌아오는 길에 사장님한테서 직접 전화가 왔다. 당장 다음날인 금요일부터 출근을 해달라고 했다. 사장님이 부득이 부탁하는데도 난 사정이 있으니 월요일부터 출근을 하겠다고 했다. 사실 그 시기에 중국판 삼국지 CD 20장을 빌려와서 며칠째 보고 있던 터라 하루 더 일하겠다고 그만 둘 수가 없었던 게다. 아마도 곧바로 일을 시작했었다면 삼국지는 영영 끝까지 못 보았을 것 같다.

회사에서 매일 마다 쏟아지는 샘플 원단들이 있었다. 2야드씩 돌돌 말아 감긴 샘플들은 품질 확인만 거친 뒤 샘플실에 던져놓거나 오래되면 쓰레기통에 버려지기도 했다. 나는 담당 메니저의 허락을 받고 그것들을 집에 가져다가 간단한 투피스 옷을 재봉하여 만들어 입기 시작했다. 처음 해보는 일이라 패턴을 사다가 그리고, 오리고를 반복하여 내 몸에 딱 맞는 옷을 만들었다. 이 또한 재미가 붙자 밤새는 줄 모르고 했었다. 졸려서 눈이 침침해질 때마다 재봉틀에 손가락을 박지 않은 것만도 다행일 게다. 다른 색, 다른 무늬였지만 같은 디자인의 옷이 수십 벌로 쌓이면서 거의 다 언니한테 선물로 건네주고 나서야 나의 개인 재봉공장을 폐쇄시켰다.

인터넷은 중독에서 빠져 나오기가 쉽지 않은 것 같다. 아침에 일어나 랩탑을 켜는 것이 일상화되었고 밤에 잠자리에 들면서까지 랩탑을 끼고 있으면 중독이라고 들었기 때문이다. 나 역시 인터넷이 유일한 취미요 친구였기에 퇴근 후 집에 오면 인터넷에 푹 빠져 살았다. 언니나 동생들이 걱정할 정도였지만 별로 개의치 않았다. 2년여를 그리 살았지만 계획이 생겨 학업을 다시 시작하면서 인터넷과 멀어져갈 때 금단, 금주현상 같은 증세는 전혀 없었다. 없으면 없는 대로 있을 땐 끼고 살아도 내겐 별문제가 되지 않는 것 같아 다행으로 생각한다.

우리 큰아들은 어려서부터 책 중독 증세가 있었는듯 싶다. 본인은 인정을 안 하지만 책을 끼고 산다. 어딜 가나 책을 들고 다니고, 밥을 먹을 때나 차안에서도 늘 책을 읽으려고 한다. 처음엔 책을 정말 좋아하는 것이 대견해서 자랑거리로 삼았다. 하지만

도가 지나치다 보니 주위사람들에게 민폐를 끼치게 되고, 부모 말이 귀에 들어오지 않는 지경이 되자 단호하게 올스톱시켜버렸다. 처음에야 쉽지 않았지만 아이들은 적응력이 빨라서 그런지 다행히도 내 말대로 해주었다. 대신 주말엔 꼭 도서관에 가서 원하는 책을 빌릴 수 있게 해주었고, 여름방학이 시작된 지금은 수요일마다 책방에 데려가서 새로 나온 신간서적을 읽을 수 있게 기회를 제공하고 있다. 무조건 책만 읽히는 것이 아니라 일주일에 한번은 독후감을 쓰도록 했다. 대충대충 읽어 치우는데 중점을 두지 않게 하기 위해서이다. 언제까지 지켜질지는 모르지만 일단 변화를 시도해 보는 것이 중요하다고 생각한다.

중독 증상이 있는 사람들을 보면 가정이 화목한 경우는 드문 것 같다. 가족끼리 서로 사랑하고 행복한 환경에서 안정된 삶을 살게 된다면 굳이 허전함을 채울 다른 것들을 찾아 혈안이 되지는 않을 것 같다. 따라서 나는 남편과 아이들, 그리고 나 자신이 탄탄한 구성의 가족의 울타리 안에서 행복을 만끽할 수 있도록 최선을 다할 것이다.

괘씸죄

요즘 들어 저녁 설거지를 하고 있을 때마다 틈틈이 사라지는 남편이 뒤뜰 텃밭에서 물을 주고 있었다는 것을 알게 된 후로 나는 상추, 고추, 오이, 호박을 통틀어 '후궁'이라고 부른다. 남편이 애지중지하는 것이 사뭇 못마땅해서 그런 것이다. 앞으로 한 번만 더 아무 말 없이 사라지면 후궁 한 개씩 자취를 감추게 될 거라고 협박을 했다. 그런 내 반응이 재밌는지 남편은 "이거 키우면 다 자기 입으로 들어갈 건데?"라며 웃는다.

어제 유난히 날씨가 더워서 텃밭에 나가보니 고추 한 개가 땅에 닿을 듯 말 듯한 상태로 추~욱 처져있었다. 밭이 너무 건조해 보여서 호스를 끌어다가 물을 주고 밭에 물이 자작하게 스며든 것을 확인하고 나서야 뒷정리를 했다. 뙤약볕에서 물을 주면 대부분

증발해 버리기 때문에 해가 질 때 줘야 하는 것쯤은 알고 있었다. 단지, 성질 급한 후궁들이 그사이를 못 참고 비참하게 메말라 죽도록 방치해 둘 수는 없었기에 비상조치를 취한 것이다.

텃밭 앞 돌계단을 내려오다가 미처 피하지 못하여 지나가던 개미 한 마리가 내 신발에 밟혀 버렸다. 밟힌 개미는 죽었는지 꿈쩍을 하지 않았다. 미안한 마음에 나는 계단에 걸터앉아서 죽은 개미를 물끄러미 쳐다보았다. 그 옆을 지나다니는 많은 개미들이 동료 개미 한 마리의 죽음에 대해서 어떻게 생각하고 대처를 할지가 궁금해졌다. 얼마 되지 않아 줄지어 가던 개미 중 한 마리가 동료의 시체 옆을 왔다 갔다 하더니 죽은 개미를 옮겨가려고 낑낑대는 것처럼 보였다. 순간, 양심의 가책이 느껴졌다. 동료가 아니라 가족일 수도 있을 텐데 내가 왜 이런 짓을 저질렀을까 하는….

5~10년 동안 사는 여왕개미에 비해 약 1년밖에는 살지 못하는 일개미 한 마리가 나의 신발에 의해 일생을 마감했으니 죄스러운 마음이 드는 건 당연하다. 그런데…!! 이상한 현상이 일어났다. 죽은 개미의 몸이 아까와는 확연히 다르게 줄어드는 것 같았다. 전에 동물의 왕국에서 여왕개미가 죽었을 때 일개미들이 달려들어 속을 다 빨아먹는 것을 본 적이 있는데 이 개미 역시 죽은 개미가 불쌍해서 도우려고 하는 게 아니라 속을 빨아먹으려고 달려든 흡혈귀 개미인 것 같았다. 순간 괘씸죄에 적용된 개미는 나의 신

발에 의해 무참히 처형당하고 말았다.

남편의 사랑을 받으며 무럭무럭 자라는 저 텃밭의 채소들을 정성껏 가꾸어야겠다. 농담이라도 내 입에서 내는 후궁이니 뭐니 하는 소리를 듣고 괘씸해서 단맛 대신 쓴맛을 뿜어낼 수도 있을 테니 말이다.

교통사고

　얼마 전 내 친구가 술을 마시고 집에 오는 길에 차사고가 나서 차를 폐차시켰다고 했다. 얼마나 큰 사고였을지 대략 짐작이 가지만 다행히 다친 데 없이 멀쩡하니 그것만으로도 감사할 일이었다.

　친구의 차사고 소식을 들은 지 얼마 되지 않아 작은 아주버니의 차사고 소식을 듣는 순간 등줄기에서 소름이 쫙 끼쳤다. 밤늦게 가게 문을 닫고 집에 가시다가 고속도로에 떨어진 무언가를 피하려고 급히 차선을 바꾸다 사고가 난 것이었다.

　남편에게는 정신적인 지주 역할을 해오신 형이라 걱정을 많이 했었는데 천만 다행으로 크게 다치지 않고 차만 견인시켰다고 하니 감사의 기도가 저절로 나왔다. 틈틈이 한의원에 침 맞으러 다니시면서도 우리 가게에 와서 바쁜 점심시간 동안 일을 돕고 가시는 아주버니의 뒷모습을 보는 나는 희비가 엇갈릴 따름이다.

운전을 하다 보면 도로가 거의 정지된 상태로 막히는 경우가 많다. 이럴 땐 십중팔구 교통사고가 난 것이다. 교통사고가 얼마나 심한지 확인을 하려는 운전자들의 서행으로 인해 생기는 체증이다. 물론 제 2의 사고를 예방하기 위한 서행이라면 누가 뭐라겠나. 젖먹이 아이 기어가는 수준의 서행은 뒤에서 오도 가도 못하고 줄지어 있는 운전자들의 눈살을 찌푸릴 뿐이다. 교통사고 현장을 지나치는 순간 뻥 뚫려지는 시야만 봐도 알 수 있는 일이다.

교통사고를 목격하고 난 다음에 만나는 사람들과는 당연하게도 교통사고 관련 이야기를 시작으로 대화의 문이 열리게 된다. 나 역시도 마찬가지였다. 같은 얘기를 여러 번 번복하는 것을 꺼려하는 사람들은 SNS를 이용하겠지만 직접적인 나눔도 그 못지않게 필요하다. 누군가의 경험에서 훗날 내가 꼭 필요하게 될 정보를 얻을 수도 있으니 생산적인 나눔인 것이다.

모범 운전자로서 낮은 자동차 보험료를 자랑해오던 나도 교통사고의 가해자가 되어 하늘이 노랗게 보였던 적이 있었다. 헬스장으로 운동하러 갔다가 집으로 돌아오는 밤길에서였다. 차가 별로 많지 않은 시간이었지만 길눈이 밝지 않아 갑자기 차선을 바꾸다가 사고를 낸 것이었다. 옆 차선에서 달려오던 차의 왼쪽 면을 쭈~우~욱 하고 긁어버린 것….

그 차가 재빨리 오른편에 위치한 레스토랑 주차장으로 들어가는 것을 보았지만 내 차선에선 U-Turn을 할 수 없는 상황이었다. 두어 마일 정도를 더 직진하다가 U-Turn 사인이 있는 신호등에서 겨우 되돌아와 피해자가 들어간 주차장을 찾아갔다. 다행히 피해자가 차를 주차시키지 않고 시동을 켜 둔 채로 나를 기다리고 있었던 터라 금방 찾을 수 있었다. 얼른 내려 뛰어 가보니 차안에는 미국 아줌마가 운전석에, 뒷좌석에는 나이가 많이 드신 노인부부가 앉아 있었다. 노인부부를 보는 순간 가슴이 철렁 내려앉았다. 놀란 표정을 지으며 괜찮냐고 묻는 내게 미소를 지으며 괜찮다고 해주셨다. 낡아 보이는 차를 보며 일단 안심을 했었던 내 자신이 너무 부끄러웠다.

운전석의 아줌마가 차 밖으로 나오더니 그냥 가지 않고 와줘서 고맙다고 했다. 뺑소니 운전은 간 크고 양심에 털이 풍성하게 나야 할 수 있는 비도덕적인 일이 아니던가. 난 마땅히 해야 할 일을 했을 뿐인데 (도망가지 않고) 와준 것만으로도 고맙다는 말에 얼굴에 작은 경련이 일었다. 그분은 또 내가 입은 티셔츠에 성경구절이 쓰여 있는 것을 보고 크리스챤이냐고 물었다. 그렇다고 하자 우리는 모두 하나님 안에서 형제자매이니 너무 걱정 말라고 하며 오히려 나를 안아주었다.

이 사고는 나중에 100불만으로 잘 해결이 되었다. 너무 고마와서 크리스마스 때 카드와 선물을 보내드렸다. 미국사람들은 좀 냉정한 편이라고 생각했었는데 이런 고마운 일을 겪고 나서는 인종을 뛰어 넘어서게 하는 것이 신앙이라는 것을 깨닫게 되었다. 그 고마운 분들 덕분에 나는 용서와 사랑으로 가해자를 대하는 법을 배우게 된 것이다.

결혼 후 어디를 가든지 늘 든든한 남편이 운전을 해주니 딴 생각을 하며 바깥경치도 구경할 수 있어 정말 고마울 따름이다. 집에서 일터까지 차로 5분밖엔 안되고, 아이들 학교도 5분 이내의 거리에 있다. 나는 아마도 장거리 운전을 할 운명은 아니었나 보다. 남편은 방어운전에 탁월한 능력이 있는 것 같다. 지난 3년 동안 몇 번의 접촉사고가 날 뻔 했었지만 남편의 신속한 방어로 인해 무사했으니 말이다.

자꾸 꾀가 생겨 운전하기가 싫어진다. 한 날 한시에 같이 죽자고 약속했으니 가능한 남편과 꼭 붙어 다닐 생각이다.

여유예배

"이번 주일은 3부 예배 후 3시에 집 근처 공원에서 야유예배가 있겠습니다." 우리 교회 구역장님의 이메일 메시지였다. 격주마다 있는 구역 예배에 참석하는 사람들은 고정멤버 외엔 없었다. 아마도 모임장소가 집과 멀리 떨어진 교회라서 그랬던 것 같다. 야유예배 땐 집에서 기르는 애완견까지 전도해서 데려오는 전원 참석률을 기록한다. 모임 장소가 어디냐에 따라 참석여부가 정해지는 개인편리주의와 3천 개의 변명이 적힌 수첩을 달달달 외우고 다니는 사람들과 함께 신앙생활을 한다는 것은 많은 인내를 필요로 한다. 나의 각진 부분을 다듬기 위한 필요악 일수도….

Pot Luck을 하기로 했다. 각 가정마다 준비한 음식을 하나씩 가져오면 된다. 참가하면서 미안해하거나 염치없어 눈치 보지 않아도 되니 말 그대로 부담 없는 방법이다. 우리에겐 음료수가 맡겨졌다. Sprite와 병물 박스를 가져다가 얼음을 잔뜩 채운 통 안에 담아 두었다. 음식처럼 맛에 신경을 쓰지 않아서 좋긴 했지만 무게가 장난이 아니었다.

늘 그렇듯이 제시간에 나타나는 사람들은 거의 없다. 이런저런 이유와 사정이 있겠지만 습관적으로 지각하는 일은 좀 떨쳐 버렸으면 좋겠다. 모임 때마다 30분 또는 한 시간 정도를 기다리며 생기는 불쾌감은 아마도 나뿐만이 아닐 듯싶다. 나랏일을 하는 것도 아니고, 마지막 무대를 장식하는 스타도 아닌데 왜 늦는 사람은 늘 늦게 나타나야 직성이(?) 풀리는지 모르겠다.

'야유'예배라고는 하지만 식사기도 외엔 먹고 놀고 대화하며 교제를 나누는 '여유'예배이다. 교제 또한 예배의 한 부분이라고 생각하면 된다고 하시니 그렇다고 생각할 수밖에. 모처럼 모인 구역 식구들은 처음엔 어른과 아이로 나뉘어 식사를 즐기더니 서서히 더 많은 소그룹으로 쪼개어져 대화를 나눈다. 바로 옆에 사람을 두고도 다른 사람과 개인적인 얘길 하는 것을 보면 '저럴 거면 둘이서 따로 만나지 왜 굳이 저러고 있는지 모르겠네.'라는 말이 입 밖으로 튀어나올 지경이다.

아직도 발에 깁스를 하고 있는 우리 막내딸이 뛰어다니지 못하도록 지켜보다보니 어느새 여자 집사들이 한쪽에 모두 모여 수다를 떨고 있었다. 해의 반대방향으로 기우는 나무그늘을 따라 자리를 옮겨가며 수다를 떨고 있는 게다. 들어보면 별 얘기 아니던데…. 그냥 쉼표 없는 수다로 오랜 스트레스를 풀고 있는 것이리라.

아이들이 발야구를 시작하자 엄마들의 강추로 모든 아빠들이 애들 노는 곳으로 떠밀려 나갔다. 남편들 없는 데서 실컷 불만을 털어놓을 심산인 게다. 오랜 만에 운동을 하는지 힘들어서 씩씩대는 아빠들이 안쓰럽기 짝이 없건만 아이들은 신이 나서 어쩔 줄 모른다. 우리 남편은 운동선수 출신답게 날렵한 몸으로 가식하나 섞이지 않은 모습으로 아이들과 성심 성의껏 놀아 주었다. 아니, 오히려 자기 자신이 동심으로 돌아가 놀이를 즐겼다고 해야 맞을 게다.

스트레칭 하려고 일어선 김에 배드민턴 가방을 열어 제치고 라켓을 꺼내 들었다. 남편이 놀다가 나를 보더니 얼른 달려와 주었다. 우린 바람이 솔솔 불어대는데도 불구하고 셔틀콕에 온힘을 실어서 치기 시작했다. 구부정한 자세로 앉아 입 운동(수다)을 하는 것보다는 땀 흘리며 운동하는 것이 너무 좋았다. 날씨가 변덕을 부려서 한참 치다가 바람을 이기지 못하고 그만 두었다.

교회에 처음 갔을 때 건물 앞에 체육관 사인이 있길래 '배드민턴을 칠 수 있겠구나!' 라며 좋아했었는데 내가 생각했던 그런 체육관이 아니었다. 배드민턴을 치려면 일단 지붕이 엄청 높아야 하기 때문이다. 체육관 내부를 들여다보면서 '이게 체육관이면 나는 금메달 선수겠네' 라는 생각이 들었을 정도였다.

옛 말에 사윗감 성격을 보려면 장인이 술을 권해보면 안다고 했던가…. 운동도 마찬가지이다. 그 사람의 내면을 드러내기엔 운동만큼 솔직한 방법도 없는 것 같다. 인내심이 있는 사람은 힘들어도 끝까지 하려고 노력할 것이고, 그렇지 않다면 숨이 꼴딱거릴 때 포기할 테니까. 생각대로 되지 않으면 무의식적으로 거친 행동이나 말이 나올 수도 있기 때문이다.

여 집사들은 이런저런 이유로 자리에서 꿈쩍 않고 운동 좀 하자는 내 말을 친절히 거절했다. 귀찮은 게다. 울타리 없는 장소에서는 몸과 마음이 풀어지는가보다. 질서가 없어지고 말투 역시 교회 안에서와는 사뭇 다른 동네토크 형식이다. 교회 안에서만 거룩함을 지키면 된다는 논리는 우리 스스로 만들고 지켜나가는 것 같기만 했다.

두 사람 이상이 모이면 여러 가지의 대화로 갈리는 모임이 아닌 다 같이 공유할 수 있는 대화체제가 사뭇 그립다. 내 말만 끝까지 들으라기보다는 상대방의 말도 진심으로 들어줄 줄 아는 그런 정다운 모임이라면 밤새 함께 하여도 지루하지 않을 것 같다.

체력의 한계

힘들어 주~욱겠다. 지난 17년 동안을 공주 아닌 공주처럼 부엌과 멀리하며 살다가 결혼과 동시에 장보랴, 메뉴 결정하랴(개인적으로는 메뉴결정이 제일 힘듦), 다듬고, 씻고, 썰고, 지지고, 볶고, 끓이기를 매일하다 보니 안 쓰던 근육들이 반란을 일으키고 있다. "주인님! 왜 이러시는지요? 고정하소서!"라며 근육통으로 내게 맞서 시위를 해대니 말이다.

내 몸속 구석구석에 자리 잡은 근육시위대를 맞서 싸울 체력도 바닥이 난 듯하다. 게다가 요리시간은 왜 늘 두 시간을 꽉꽉 채우게 되는지 모르겠다. 밥상을 차릴 때 즈음엔 두 다리와 허리가 아파서 '통증'이라는 밑반찬도 함께 소화시켜야 할 지경이 되었다. 아마도 반찬가지수를 간소화시켜야 해결이 날 듯하다.

오랜 직장 생활동안 공과 사 구분을 따지며 회사의 규칙에 어긋나는 일이 발생하지 않도록 교통정리에 앞장서 왔었다. 그랬던 내가 요즘엔 '그런 게 다 무슨 소용인가.'라는 생각이 든다. 불혹의 나이에 오는 공허감 때문일까. 아니면 체력의 한계에 부딪혀 생긴 무력감 때문일까. 완벽하지도 않으면서 완벽에 가까우려고 안간힘을 쓰던 시절이 떠오르며 쓴웃음을 짓게 한다.

어제 저녁에도 남편을 따라 아이 셋과 함께 동네 축구장엘 갔었다. 매주 화요일 저녁마다 있는 동네 축구시합인데 그럭저럭 재밌는 편이다. 배드민턴 라켓을 가지고 갔는데 마침 바람까지 숨죽이고 잠잠해줘서 30여 분 이상을 축구장 밖에 위치한 잔디밭 위에서 열심히 놀았다. 해가 완전히 지고 경기장을 둘러싼 산이 새카맣게 변해버리자 등골이 오싹해져서 아이들을 데리고 축구장으로 달려 들어갔다. 축구장 주변 트랙은 저녁이면 동네 주민들의 운동 장소로 꽤 알려진 듯하다. 매번 갈 때마다 걷고 달리는 모습들이 끊이질 않는다.

왜 그랬었나…. 나중엔 후회가 됐지만 내가 아이들한테 달리기 시합 제안을 한 것이다. 연습 삼아 축구장 주변 한 바퀴를 열심히 돌았을 즈음에 갑자기 다리가 풀리고 숨이 턱까지 차오르기 시작했다. 달리기를 멈추자마자 뇌에서 "이때다!" 라는 경고 신호를 보냈는지 머리서부터 땀이 비 오듯 흘러내리고 폐에 통증까지 오는 듯해서 벤치에 얼른 주저앉아 버렸다. 몇 년 전만 해도 드넓은 공원을 네 바퀴나 뛰던 체력이었는데 이젠 축구장 한 바퀴 돌고서 그렇게 무너지다니 정말 어이가 없었다.

흐르는 땀은 닦지 말라는 얘기가 떠올라 내 몸에서 증발해 버릴 때까지 앉아서 기다렸다. 소금기 때문에 따끔따끔한 얼굴을 손바닥으로 가볍게 두드려대며 남편이 야생마처럼 이리저리 공을 몰고 다니는 모습을 구경했다. 두어 달 전에 아이들과 자전거를 타고 동네 한 바퀴를 돌 때도 있었던 증상이 언뜻 떠올랐다.

산 중턱에 위치한 집이다보니 경사가 유독 심해서 그런지 몰라도 집근처에서 자전거를 타기엔 내 체력이 따라주질 않았다. 자전거 대신 줄넘기로 위로를 받아 보려다 오히려 내 체력의 한계를 확인하는 꼴이 되어 버렸다. 줄넘기는 경사와는 상관없는 운동인데도 불구하고 100개씩 대여섯 번을 뛰고 나면 머리부터 발끝까지 후덜거리지 않는 곳이 없을 정도로 힘들었다. 이런 경로를 통해 나는 내가 서서히 늙어가고 있음을 감지한다. 그리고 잠시 서글퍼진다.

체력은 남에게 안 들키면 그만이지만 얼굴은 늘 드러내놓고 사는 부위이다 보니 신경을 더 쓰지 않을 수가 없다. 머드 팩, 필링 팩 등 마사지 횟수와 종류가 하나 둘씩 늘어나고 있다. 화장품 가게에서 구입하는 모든 화장품 속엔 방부제가 들어있다는 것을 알면서도 어쩔 수 없이 사용하게 되는 게 현실이다. 최근 텔레비전에서 순 자연산 마사지팩 만드는 방법을 보고나서 요 며칠 동안 계란껍질, 시래기, 굴껍질 등을 말리고 있다.

이 또한 지나가리라는 것을 잘 알고 있다. 나이가 들수록 귀가 얇아지는 것 같다. 운동을 꾸준히 하면 더디 늙는다는 것을 알면서도 나이와 함께 늘어만 가는 게으름을 어찌한단 말인가.

변명을 하려는 입이 열리기 전에 몸을 먼저 일으켜 세우는 훈련을 해야겠다. 시계를 자주 보면 시간이 더디 가는 것처럼 느껴진다고 하던데, 나도 거울을 최대한 자주 들여다봐야겠다.

많이 먹기 대회

　얼마 전 강호동의 〈스타킹〉을 시청하던 중 일본에서 건너온 가냘픈 체구의 아가씨가 앉은자리에서 엄청난 양의 음식을 먹어치우는 것을 보았다. 놀랍기도 하고, 재밌기도 하고, 대리 만족감을 느낄 수 있어서 참으로 흥미로웠다. 우리 아이들에게 스마트 폰을 통해서 보여 줬더니 역시나 입을 다물지 못했다.

　옛날에 함께 운동하던 아줌마 한 분이 떠올랐다. 음식을 아무리 많이 먹어도 포만감을 느끼지 못하는지… 아무튼 엄~청 드시는 것을 옆에서 지켜 본 적이 있다. 점심을 먹으려고 뷔페식당에 함께 들어갔다가 서너 시간이 지난 후 저녁식사 값을 지불하고 나온 적이 한두 번이 아니었다. 일반사람들은 한 접시에 여러 가지 음식을 담아 와서 먹다가 모자라면 또 가서 담아 온다. 그게 일반적이다. 이 아줌마는 치킨 한 접시, 찐 옥수수 한 접시, 스시 롤 한 접시 등…. 모든 음식 종류를 한 접시씩 담아 와서 식당 직원들의 눈치를 봐야 할 정도였다.

이 일본 아가씨가 바로 그런 사람이었다. 게다가 얼마 후 스타킹 프로그램에 또 다른 일본 아가씨가 출연해서 더 많은 음식을 먹어 재꼈다. 그제서야 이 세상에 'Food Fighter'가 존재한다는 것을 알게 되었다. 프로그램 출연자들(연예인)과도 경쟁을 하고, 운동부 선수들과도 경쟁했는데도 당당히 승리를 했다. 당연한 결과인 줄 알면서도 끝까지 보게 되는 흥미진진한 많이 먹기 대회였다. 우리 어렸을 때 엄마가 하셨던 말씀이 생각난다. "먹는 내기 하는 건 미련한 짓이다." 라는….

그날 저녁부터 나는 스마트 폰을 통해 일본의 많이 먹기대회를 있는 대로 찾아서 보기 시작했다. 이젠 카레 많이 먹기대회는 지겨워져서 보기 싫증이 날 정도이다. 라면 많이 먹기대회도 별로 재미없어졌다. 스시는 내가 워낙 좋아하는 음식이라 그런지 재방송을 여러 번 봐도 재미있다. 남녀가 함께 대결하는 구운 오징어, 양념 돼지 불고기 등의 먹기 대회를 할 때는 정말 힘들어 하는 얼굴이 보일 정도로 열심들이다. 과연 왜 이런 먹기대회에서 우승을 하려고 들 저렇게 애쓰는 것일까. 한국 사람들이 보면 미련해 보이는 멍청한 짓이라고 손가락질을 할 수 있는 일인데도, 일본 사람들은 대회 참가자들을 격려하며 박수를 쳐주는 것이 이례적이다.

매년 열리는 핫도그 많이 먹기대회에서는 가냘픈 체구의 한국 여자가 우승했다는 말에 유투브 동영상을 찾아보았다. 일본 아가씨들이 나오는 먹기대회 동영상에는 "오이시, 오이시~" 하면서 음식이 맛있다고 칭찬하며 웃음을 띤 얼굴로 끝까지 맛있게 먹는 반면, 이 한국 여자는 너무 힘들어 했다. 그녀의 일그러진 얼굴은 끝까지 쳐다보던 내 얼굴 표정과 마음까지 찌푸리게 만들었다. 즐길 수 없는 일이라면 하지 않았으면 좋겠다는 생각도 들었다. 몇 초 이내에 토해낼지도 모른다는 불안감을 주면서 꾸역꾸역 억지로 삼켜버리는 것보다는, 맛을 음미하면서 먹어주는 것이 보는 사람들을 더 즐겁게 만들어 주는 것 같기 때문이다.

많이 먹기대회를 통해서 세계적으로 유명해지고 수입도 짭짤하게 챙기고 있는 날씬한 먹보 아가씨들. 이들은 세계 여러 나라의 초대를 받으면 비행기 타고 날아가서 그들이 원하는 것을 생글생글 웃으며 마음껏 먹어주기만 하면 되는 것이다.

먹는 것을 너무나 좋아하는 나는 체중조절을 위해 과식을 삼가하고 있건만, 저들은 어찌하여 먹어도 먹어도 살이 찌지 않는단 말인가. 고무풍선처럼 위가 늘어났다 줄어들었다 한다지만, 지구상의 몇 없는 아주 특이한 체질이라 TV에도 나오고 그러겠거니…

하고 넘어갈 수밖 에…. 위대(?)한 사람은 위대하게 살다 가면 되
는 거겠지 뭐…. 부러우면 지는 거다.

암이 두고 간 선물

2009년 가을에 있었던 일이다. 퇴근길에 걸려온 작은언니의 전화에 급히 길가에 차를 세우고 웬일이냐고 물었다. 다른 자매들과는 달리 작은언니와는 전화를 자주 주고받는 사이긴 하지만 출퇴근 시간이 아닌 저녁식사 후 한가한 시간이 대부분이었기에 무슨일이 생긴 것 같은 느낌이 들었기 때문이다. 아나나 다를까 전화상의 언니의 목소리는 감정을 억제하는 듯한 떨림이 섞여 있었고 한국에 계시는 아빠가 건강검진 확인차 병원에 가셨다가 암 진단을 받았다는 얘기를 했다. 그것도 하나가 아니고 세 가지란다. 순간 가슴이 철렁 내려앉았다. 언니와의 통화가 끝난 후에도 한동안 차안에 맥없이 앉은 채로 복잡해진 머릿속을 추슬러야만 했다. 주위사람들이 부모님이 아프시거나 돌아가신 얘기를 할 때면 위

로는 해왔지만 막상 나한테 이런 일이 닥치고 보니 머릿속은 뒤죽
박죽되고 해야 할 일들이 차례대로 줄을 서주질 않았다.

당시 아빠는 칠순이셨다. 그 연세가 되시도록 젊을 때부터 몸에
좋다는 음식을 많이 드신 것으로 익히 들어 알고 있던 터라 암에
걸렸다는 소식은 정말 의외였고 충격 그 자체였다. 전주이씨 가문
에 육군사관학교 출신 친할아버지의 4대 독자로 태어나서 집에서
일하던 일꾼들에게 도련님이라는 소릴 들으며 자라신 분이다.

엄마와 결혼하여 아들을 많이 낳아 독자 가문의 비애를 단절
시키려고 노력하신 것 같으나 하늘은 아빠의 기대를 저버리셨다.
든든한 아들 한 명에 비하면 한없이 초라하게 느껴질 수도 있겠지
만 일곱 명의 딸을 대신 허락하신 거다. 엄마의 시집살이가 어땠
을 줄은 감히 상상이 간다. 엄마가 나를 세 번째 딸로 낳으셨을
때 누군가의 입김에 의해 나는 만 7세가 될 때까지 남장을 한 채로
자라야만 했다. 아마도 내가 그 명에를 짊어져야 내 뒤로 남동생
이 생길 것이라는 얘기를 들어서였을 게다. 하지만 그 누구라는
사람의 말도 하늘의 뜻을 거스를 수는 없었는가 보다. 덕분에 나
는 여동생이 네 명이나 있다. 그것도 혈액형이 3가지로 나뉘어
성격도 가지각색으로 다른 여동생들이 말이다.

우리 부모님은 일곱이나 되는 딸들 뒤치다꺼리로 하루, 한 달,
일 년, 수십 년이 금방 가버렸을 것 같다. 나만 하더라도 아빠나

엄마와의 돈독했다거나 특별히 기억되는 1:1 추억거리가 별로 기억에 없는 것을 보면 말이다. 한국에서 어려서 홍역을 앓을 때 집밖에 모기장을 치고 아빠와 별이 가득한 밤하늘 아래서 얘기하다 잠이 든 것과, 초등학교 졸업식 때 못 오실 줄 알았던 아빠가 동생 둘을 데리고 졸업식이 끝난 후에 오셨던 일이 아직도 내 마음속에 깊이 남아있는 감동적인 일이다. 동네 구멍가게에 외상장부를 만들어 두시고 딸들에게 마음껏 군것질을 하게 해주신 든든한 아빠이셨다. 평생을 건축 일만 해 오신 아빠. 어려서부터 아빠의 모습은 늘 그랬다. 일꾼들 챙겨 먹이시고 일 때문에 바빠서 동분서주한 모습들이 많이 기억된다. 온 세상이 다 꽁꽁 얼어붙은 것처럼 느껴지던 겨울날엔 사무실에서 일꾼들과 모여 화투치시는 모습도 자주 목격 되었다. 나는 주위에서 놀다가 자장면을 얻어 먹는 게 너무 좋아서 아빠가 일을 못하는 날이 많을 때가 더 좋았었던 철부지이기도 했다.

81년도에 하와이 이모의 초청으로 미국에 이민을 온 이유는 딸들의 교육문제가 가장 큰 비중을 차지하고 있었을 게다. 미국은 공립고등학교까지는 그 흔한 육성회비나 등록금 걱정을 할 필요가 없고, 한 가구당 학생이 3명 이상일 경우는 점심까지 무료로 제공되었기 때문에 우린 정말 편한 학교생활을 할 수 있었다. 아빠가 혼자 일하셔서 아홉 식구가 먹고 살기엔 빠듯했겠지만 우린 서로를 의지하며 행복했었다. 적어도 아빠가 다니시던 직장에서 4년 만에 사고가 나서 허리수술을 하기 전까지는 말이다. 아빠의 주기적으로 이어지는 수술과 입원, 그리고 소송문제까지…. 어린 우리가 감당하기엔 너무 어려운 상황이 지속되다보니 스스로 하나 둘씩 4년제가 아닌 2년제 대학으로 진로를 바꾸어 공부하면서 일을 하기 시작했다. 그러다가 몇 년 후 아빠의 소송 건이 종결되면서 아빠는 한국으로 영구 귀국을 하셨다. 엄마도 2년여 정도를 더 계시다가 막냇동생이 성인 나이가 될 즈음에 아빠와 합류하셨다.

한국에 가신 뒤로 두 분은 더욱 건강해지셨다. 아마도 한국에서는 걸어 다니는 일이 많고, 집근처 공원마다 운동시설들을 잘 만들어 두어서 그런 것 같다. 게다가 영어가 필요 없는 한국 친구들이 많으니 생활 자체가 즐거워질 수밖엔 없었으리라. 아빠와 엄마는 동갑이신데도 환갑이나 칠순을 생각할 땐 아빠만 떠올리게 되는 것은 무슨 영문인지 모르겠다. 자신의 인생을 오로지 아빠 위주로만 살아오신 엄마 때문은 아닌지….

아직까지도 부모님 주변에서 아내한테 큰소리 치고, 그런 남편한테 삼시세끼 밥상 차려 바치는 집은 우리 집뿐이라고 한다. 우리 아빠는 현대판 '간 큰 남자'였다. 그렇다고 아빠가 엄마 속을 썩이지 않으며 살았던 것은 필히 아닐 텐데 엄마는 어떻게 그러실

수 있는지 같은 여자로서 이해가 안 될 때가 많다. 어쩌다 궁금해서 물으면 엄마는 늘 "네 아빠가 아파서 몸져누우면 내가 더 힘드니까."라고 하신다. 말씀인즉슨 아빠 병수발 드는 것보다는 최대한 건강을 유지시키도록 잘 먹이는 게 더 편하다는 것일 수도 있겠다. 엄마의 지혜는 늘 나를 놀라게 한다. 투덜대는 딸의 마음을 달래주심과 동시에 사랑하는 남편을 지키고 싶은 엄마의 진심을 딸인 내가 어찌 모를까.

아빠의 암 소식을 듣기 2년여 전에 한국방문을 했을 때만 하더라도 아빠는 양복에 운동화를 신고, 등에 가방을 둘러매고 씩씩하게 다니시던 분이었다. 젊어서부터 잠바를 즐겨 입던 아빠였는데, 딸들 결혼식 때 외엔 거의 볼 수 없던 양복차림을 2년 동안이나 하신다는 말을 엄마한테 듣고는 좀 의아했었다. 자초지종을 들어보니 "이건 사기야!"라는 말이 저절로 튀어 나왔다. 칠순이 다되신 노인한테 다단계 회사에서 과장이라는 직분을 주고 명함까지 찍어주니 양복을 입고 매일 서울에서 인천까지 2시간을 마다않고 지하철로 출퇴근을 하시는 거였다. 아빠에게 다단계는 결국 사기를 당하기 쉬우니 그만 하시라고 해도 아빠는 막무가내셨다. 오히려 나한테 좋은 투자회사이니까 가진 돈 있으면 나중에 후회 말고 투자하라는 말씀을 하셨다. 세뇌교육을 얼마나 받았으면 딸들에게 곗돈사기가 많으니 계모임엔 절대 연루되지 말라시던 아빠가 스스로 다단계 회사에 빠지셨을까 너무 안타까웠다. 하지만 얼마 안가서 다단계 회사의 사기극은 막을 내렸고 사기꾼은 중국으로 도피를 했다고 한다. 아빠는 미국 돈으로 환산하면 2만 불 정도밖엔 손해를 안 봤다고 하셨지만 정확한 액수는 본인만 알고 있을 터. 주위 친구분들 중엔 집까지 날린 분들도 있다고 하니 그에 비하면 다행이라고 생각할 수밖에 없었다.

아빠의 암 소식을 듣고 나서야 그동안 아빠의 맘고생이 엄청 심했을 것 같다는 생각이 문득 들었다. 우리한테는 애써 태연한 척하셨지만 아빠가 2년을 출퇴근하며 공들였던 회사였는데 한순간에 사기극이었다고 하니 누군들 절망감에 빠지지 않을 수가 있었을까. 사기를 당하는 대부분의 사람들이 바보라서 그런 건 아니다. 다수의 사기사건을 보더라도 의사, 교수, 변호사, 정치인 등 사회적으로 또는 지적으로 인정받는 사람들이 사기극에 휘말리는 것만 보더라도 알 수 있는 일이다. 아빠는 평생토록 술은 몸에 안 맞아서 아예 입에도 못 대시는 대신 담배는 줄담배 수준이었다. 아마도 사기 당하고 나서 담배 피는 횟수가 더 증가된 건 아닌가 싶다. 입원 중에도 의사와 간호사가 병실에 들어서면 갑자기 사라진 아빠를 찾아 엄마가 동분서주 하셨다는 이야기도 있다. 나중에 들으니 병원정문 밖까지 환자복을 입고 나가서 담배를 피우셨다고 하니 엄마의 마음고생이 어땠을지 상상이 가고도 남는다.

가끔씩 서로의 안부를 주고받으며 지내온 자매들이 아빠의 암 소식을 접하면서부터는 문자, 전화, 이메일 등이 총동원되어 거의 매일 소식을 주고받게 되었다. 요즘엔 카톡이 있어 더욱 편리해 졌지만, 그 당시에는 한 사람이 다른 6명에게 같은 내용의 메시지를 전달하기에는 그룹 이메일이 효과적이었다. 다행히 그 당시에 다섯째 동생이 용산에서 미해병으로 근무하고 있던 터라 큰도움이 되었다. 동생의 직속상관의 추천으로 갑자기 들어가기는 어렵다는 유명 대학병원에 입원과 수술날짜가 곧바로 잡혔다. 미군들이 들락거리니까 아빠의 어깨에 힘이 많이 들어갔다는 소식도 들렸다. 아빠는 자식들 자랑하는 맛에 사신다는 말을 엄마한테 오래전부터 들어왔기 때문에 새삼스런 일도 아니었다. 단지 한국어가 능숙하지 못한 동생이 부모님과의 의사소통에 어려움이 많아 오해도 생기고 많이 힘들었을 것이다. 20여 년 동안 군인생활을 해온 동생이 영어를 한국어로 직역을 하는 것도 힘들었을 텐데 그 토막 낸 단어를 모아 문장으로 이해하여 들어야하는 노부모는 얼마나 힘들었을지 상상이 간다.

칠순 노인이라 한꺼번에 3가지 수술을 진행하기엔 체력적으로 무리가 따르기에 여러 번에 나눠서 하기로 했다. 첫 수술을 앞둔 전날 나는 아빠한테 100송이의 장미를 병실로 배달시켰다. 인터넷으로 병원근처 꽃집을 찾아서 채팅창을 통해 아빠의 상황을 설명하고 100송이의 빨간 장미를 하트모양으로 만들어 가장 빠른 시간 내에 배달해 달라고 부탁했다. 나를 알지도 못하는 꽃집 주인아저씨는 나의 효심에 감동 받았다고 하시며 당장 만들어 배달해 주시겠다고 했다. 미국의사들은 아무리 아프다고 해도 예약을 하고 1~2주 후에 오거나 심하면 응급실로 가라는 메마른 답변만 하는데 비해, 이럴 땐 한국인의 정이 타민족에 비해 깊다는 것을 느끼게 되고 한국인이라는 자부심이 커지게 된다. 꽃이 안전하게 배달되었다는 메시지가 이메일로 도착하고 나서 아빠한테 전화를 걸었는데 엄마가 대신 받으셨다. 아빠가 꽃을 받으시더니 놀라면서도 좋아하셨다는 거다. 같은 병실에 있는 다른 환자분들에게 자랑도 하셨다는 말도 하셨다. 하지만 아빠는 엄마에게 전화를 건네받자마자 "임마, 이 비싼 걸 왜 보내냐. 너나 됐다 쓰지."라는 걱정만 하셨다. 아마도 엄마한테 미리 얘길 듣지 않았다면 좀 섭섭한 마음이 들 뻔했을 게다. 아빠 역시 꽃을 받아 무척 기쁘지만 부족한 표현력으로나마 딸을 걱정하고 고마움을 표현한 것이었을 텐데 말이다. 불혹의 나이가 된 딸이라도 부모의 눈에는 늘 물가에 내놓은 어린 아이로 비친다는 말이 맞는가 보다.

아빠의 암소식과 수술 및 입원기간 동안 나는 매일 전화로 아빠에게 용기를 북돋아 드리고, 매일 집과 병원을 지하철타고 오가며 아빠를 간호하시는 엄마를 위로해 드리며 장난도 치고 농담으로 웃겨도 드렸다.

하지만 전화를 끊고 나선 혼자 울었다. 한국에 나가서 직접 돕겠다는 동생도 있었지만 엄마가 한사코 만류를 하셨고, 우리가 할 수 있는 일은 발을 동동 구르며 전화로 연락하는 일뿐이었기 때문에 너무 답답했다. 아니, 내 능력이 이것밖엔 안 되는구나… 하는 한탄스러움과 밀려드는 서러움 때문이었던 것 같다. 다른 자매들은 가정이 있어서 서로 상의하고 위로 받는 일이 가능했겠지만 난 그 당시까지만 해도 혼자였기 때문에 삶 자체가 너무 어두웠고 내 어깨에 느껴지는 무게는 실로 엄청 났었다. 아침에 일어나서도 아빠 생각, 회사에서 일하다가도 문득문득 '아빠가 돌아가시면 어떡하지?' 라는 불길한 생각에 일도 제대로 손에 잡히질 않았다. 퇴근길에 엄마에게 연락하여 그날그날 아빠의 상태를 듣고 나면 그제서야 좀 안심이 되다가도 밤에 겨우 잠들어서 이상한 꿈을 꾸고 나면 아침부터 걱정이 반복되곤 했었다.

그러던 어느 날, 내가 결국은 사고를 내고야 말았다. 유난히 날씨가 쌀쌀하고 옅은 안개까지 낀 이른 아침 출근길에 골목에서 우회전을 하다가 사람을 치는 사고가 나버렸다. '쿵!'하는 소리가 들리더니 바로 앞에서 거구 체격의 흑인남자가 넘어져 뻗어 버리는 것이다. 너무 놀라서 숨이 턱 막혔다. 그 와중에도 '내 인생은 결국 여기서 끝나는구나. 저 사람이 죽으면 모든 게 다 끝이구나.'

라는 생각이 들었다. 차문을 열고 힘이 빠져 부들거리는 다리로 그에게 다가갔다. 괜찮냐고 묻자 그는 아프다고 했다. 구급차를 부르려고 다시 내 차로 돌아와 가방에서 셀폰을 꺼내들고 다시 그를 향해 가고 있는데 갑자기 미국 남녀 4명이 몰려왔다. 그중 한 명이 구급차를 불렀고, 다시 모두가 흑인 남자에 둘러앉아서 괜찮냐고 물은 뒤, "우리가 당신을 위해 기도를 해도 괜찮겠습니까?" 라고 물었다. 흑인 남자가 괜찮다고 하자 기도가 시작되었다. 나도 얼떨결에 그 자리에 주저앉아 함께 기도를 했다. 잠시 후 그 중 한 여자 분이 내게 물병과 휴지를 건네며 다 괜찮을 테니까 울지 말고 물 좀 마시라고 한 뒤 다들 연락처 하나 남긴 이 없이 그 자리를 떠났다. 나는 그분들이 어디서 왔는지 알 수 없고 기억도 나지 않는다. 다만, 그 짧은 시간에 많은 일들이 일어났고, 그 흑인남자는 구급차에 실려 갔다는 것 뿐. 내게 이런저런 질문을 하던 경찰에게 "나도 병원에 가서 환자의 상태를 보고 싶다." 고 했더니 가봤자 그 사람은 이미 다른 문으로 걸어 나갔을 것이라고 했다. 차에 부딪혀 넘어지긴 했지만 경찰관의 눈에는 다친 것으로 보이지 않았었나보다. 경찰관의 말대로 그 차 사고는 별탈 없이 잘 마무리가 지어졌지만 완전히 해결되기 까지는 2년 정도가 걸렸다. 아마도 정신 똑바로 차리고 운전하라는 아빠의 걱정스런 마음이 아니었을까 싶다. 차운전에 방해된다고 백미러에 걸려있는 장식품을 보면 무조건 걷어 버리시던 아빠였으니 병실에서도 온 신경이 딸들에게 쏠려 있었을 것 같다.

차사고가 났던 그날 저녁에도 엄마에게 안부전화를 했지만 차사고 얘기는 하지 않았다. 괜스레 걱정을 끼칠까봐서였다. 첫 암수술은 성공리에 잘 마쳤는데 다음 수술 때문에 아빠가 신경을 많이 쓰신다는 말을 들으니 마음이 더 안 좋았다. 그런데 그 다음 날 엄마한테 기가 막힌 얘기를 듣고 얼마나 화가 났는지 모른다. 아빠가 누구한테서 들었는지 휘발유를 마시면 몸속의 독소가 제거 된다는 말을 듣고 엄마가 주무시는 사이에 몰래 휘발유를 마시고 구토를 했다는 거다. 지금이 어떤 시대인데 그런 말도 안 되는 말을 암수술을 앞둔 환자에게 하다니…. 너무 어이가 없어서 당장이라도 달려가서 그 아저씨한테 아빠 생명 책임질거냐고 따져 묻고 싶었다. 아빠도 말로는 "내가 앞으로 살면 얼마나 산다고…." 하시지만 내심 돌아가실지도 모를까봐 두려우셨나보다. 그런 아빠의 속마음을 객관적으로 알게 되니까 아빠가 한없이 가엾고 불쌍했다. 겉으로는 딸들 기죽이지 않으시려고 스스로 늘 강한 척하셨던 아빠도 나이가 드시고 병에 걸리니까 마음이 한없이 약해지셨는가보다. 살기 위해서, 아빠에게 평생을 바친 엄마를 홀로 남겨두지 않기 위해서, 일곱 명의 딸들에게 더 많은 용기를 주기 위해서 휘발유라도 마시고 살아야겠다는 생각이 세상 모든 의학

상식을 뒤엎게 만든 것 아니었겠나.

아빠의 암수술은 모두 잘 끝났고 지금 현재도 통원치료만 받으러 다니신다. 연세에 비해 체력이 좋으신 편이라는 의사의 말도 있었지만, 아마도 초기에 찾아내서 가능했고 또, 온 가족 및 지인들의 사랑과 관심과 기도를 집중적으로 받으신 게 큰 효과가 있었지 않나 싶다. 아빠의 담배는 아직도 이어지고 있어 마음이 아프지만, 담배만큼은 포기하고 싶지 않으신 것을 알기에 우리 모두 더 이상 괴롭히지 않기로 했다. 반평생 이상 동안 로얄젤리를 단순한 영양보조제가 아닌 만병통치약으로 믿고 드신 것처럼, 담배 또한 기호식품으로 믿고 사시면 담배도 아빠를 해롭게 하지 않을 것이라고 믿고 싶다.

아빠에게 생겼던 암이란 병은 가족의 소중함과 의미를 다시 한 번 깨닫게 해주는 계기를 만들어 주고 다시는 되돌아 올 수 없는 바다를 건너 멀리멀리 갔다. 이젠 나도 가정이 생겨 술 담배를 하지 않고 운동을 좋아하는 남편과 토끼 같은 아이들이 셋이나 있다. 부모가 되고 보니 부모의 마음을 얼핏 이해할 수 있을 것 같다. 부모님이 돌아가시면 효자나 불효자나 후회가 남기는 마찬가지가 아닐까. 그 어느 누가 자신 있게 부모님 살아생전 효를 다했기 때문에 아무 후회 없다고 말할 수 있겠는가. 우리 부모님은 큰 것을 바라시는 분들이 아니었다. 건강하고, 가정 화목하고,

부모한테 연락 자주하고, 형제끼리 서로 돕고 사는 것. 특별한 것 없는 평범한 일들인데도 늘 우리를 살아 숨 쉬게 만들어 주는 산소에게 고마움을 모르듯 그 가치를 망각하며 사는 것 같다. 남은 인생은 부모님 돌아가신 후 후회할 일들 보다는 부모님을 추억하며 그리워할 일들로 메워가야겠다.

몽돌해변의 코러스 그 발성조율하기

박봉진

(수필문학 강사, 한국수필진흥회 미서부지회장)

　박하영 수필가의 수필집 ≪바나나도 씨가 있다≫ 출간을 축하한다. 인고를 감내한 결실이기에 대견함과 측은한 마음도 든다. 수필은 통설처럼 그냥 붓 가는 대로 쓰는 글이 아니다. 쓰고자 하는 글감을 어찌 봤느냐에서부터 창작을 시작한다. 말하자면 육안과 심안에 의한 보물찾기인 것이다. 그 영감은 필자의 인생경지에 따라 깊이와 넓이가 다를 수밖에 없다. 소재의 보고인 체험과 산지식 그리고 주제를 이끄는 문장력의 뒷받침이 좋은 수필을 창작해낸다.

필자 박하영은 이민 1.5세대다. 그는 한국에서 중학교 1학년을 마치고 미국으로 이민 왔다. 한 학년 월반해서 9학년에 편입, 중고등학교를 다녔다. 대학에선 컴퓨터/경영 정보학 전공. 부 회계학도 함께했다. 미연방 공인세무사에 패스한 전문인으로 오랫동안 회사 중추부서인 경리부장을 했다. 그런 커리어면 말 그대로 겉은 노랗고(동양인) 속은 흰(서양사고) '바나나'가 아닌가.

'가든수필문학회' 교실에 처음 왔을 때부터 나는 그의 의지와 몰입을 지켜봤다. 수강생들이 모두 이민 1세대인 50대 이상이었던지라, 앞으로 이민문학을 이끌 새 세대가 절실했기에 말이다. 그는 사이버 기기에 능했고 영한 이중 언어구사자라서 수강생 총무에 추대됐다. 그리고 2011년도 수필전문지 〈한국수필〉을 통해 일치감치 한국문단에 수필가로 등단했다.

내게 수필집 서문을 청탁하면서 보내온 원고 51편을 나는 꼼꼼히 읽어봤다. 깜짝 놀랐다. 작품에서 제목과 서두와 결미를 잘 뽑아냈으면, 반 이상은 성공한 거와 같다고 할 수 있다. 하지만 글쓴이들이 글을 써가며 주제를 문장 속에 녹아내리게 하는 것은 쉽지 않다. 그런데도 필자는 작품마다 독자의 시선을 끌만한 제목 달기와 서두 뽑아내기 그리고 여운이 남을 결미까지 무난히 이끌어내고 있었다. 되글로도 말글을 풀어내 쓸 수 있는 응용능력에다 꾸준한 습작으로 내공을 쌓은 결과물이어서 더욱 그랬다.

그의 작품들을 대별한다면 〈언어장벽 허물기〉, 〈바나나도 씨가 있다〉 등은 이민 1.5세대의 문화충격과 정체성 쌓기 글이다. "미소로 대화의 창을 여는 사다리 역할"론과 "어느 한쪽에 치우치지 않고, 두 문화권에서 공약수를 찾아내 실용하는 것이 바나나의 할 일"이란 소신이 사뭇 싱그럽다. 그리고 그의 작품세계 중추를 관통하는 주제의 작품들 대부분은 늦깎이 결혼생활로 비롯된 글이다. 부부 사이는 '칼로 물 베기' 승부이련만, 일희일비하는 모습에 독자들은 긴장했다가도 웃음이 났을 게다. 그게 〈몽돌해변의 코러스 그 발성조율하기〉 감상법이다.

이쯤에서 독자들은 대본을 쓴 필자가 주연을 겸한 사랑 가꾸기 윈(Win)윈(Win)으로 가면서 한 말을 들어보자. 서울태생 7공주 집안 셋째 딸과 경상도 태생 역시 7남매 집안 막내남의 만남이다. 독신녀와 어린 1남2녀를 둔 상처 남의 결합이라 마음 쓰였다. 그들 간의 게임엔 넘어서는 안 되는 Limit line이 있다. 피차 절제와 인내로 모서리 깎기가 시선을 끈다.

그 현장 몽돌해변은 남해안 쪽의 해풍과 파도가 센 돌밭 바닷가에 가면 볼 수 있다. 같지 않은 형태, 크고 작은 돌들이 밀물 썰물 때마다 해변 파도에 휩쓸리며 서로 부딪히고 밀리면서 내는 소리가 있다. 신비한 그 화음. "둥글게, 둥글게. 우리 아픔주지 말고 서로 닮자." 그런 가사가 아니겠는가. 오래 같이 있은 돌일수록 둥근꼴이 닮아 짜르르 윤기를 더한다.

첫 데이트 후 얼마 안 된 날, 필자는 몸살로 만날 약속 연기를 알렸지만, 기어이 그는 전복죽을 쑤어 보온병에 담고 2시간을 운전해 왔다. 그 다음 날도 그랬다. 지성이면 감천이듯 그런 성심이 여심을 흔들어 결혼에 골인했다. 그러나 결혼식 날이 하필 두 아이의 남미 선교여행 출발일과 겹쳤다. "허니문을 안 가고 집에서 기다리고 있을 거니 오빠랑 잘 다녀와라."고 안 가겠다던 아이를 달래 보냈다. 그의 모서리 깎기는 처음부터 그렇게 녹록찮았다. 허니문을 날려야 했다. 〈위대한 탄생 시즌 2〉, 한국가요 경선방송 오디션에 아들 딸 셋을 출연시켰다. "영어권 아이들에게 한국문화와 모국어에 가까워질 골든타임을 만들어준 것"은 사려 깊은 엄마로 칭송받을 게다.

〈개똥〉, 남편의 전화아이디를 '개똥'이라 했던 사연에 독자들은 웃음이 날 게다. 깨꽃을 피워내는 그들에 더 친밀감이 들게고. "흔한 개똥도 약에 쓰려면 귀하듯이" 길을 잃고 헤맨 위급 상황 때 남편이 전화를 받지 않아 개똥역할을 못해 주다니⋯. 〈About Time〉, 사소한 일로 남편과 다퉜다. 자연스런 화해를 위해 애써 저녁상을 차려놓았건만 그걸 보지 않은 남편은 아이들을 데리고 밖에 나가서 저녁을 먹고 왔다. 그는 알량한 자존심싸움이 괴로워 근처 영화관에서 ≪About Time≫ 로맨틱 영화를 보고 왔다. 소파에 앉아 TV에 집중하는 척하는 남편에게 "밖에서 잘 거야?" 라고 물었다. 남편은 못 이기는 척, "들어가야지"라고 말문을 텄다. 방에 들어왔다. "그까짓 자존심이 뭐라고 먼저 손 내밀기가 그리 힘들었을까." 필자도 속내를 그렇게 털었다.

이같이 필자는 문장에 즙을 짜서 넣고 양념 쳐서 간이 밴 글맛을 낸다. 그간에 주부수업과 수필창작수업을 착실히 해왔다는 것이 엿보인다. 계속 자기개발과 글쓰기에 힘써서 수필가로 성공하고 이민문학을 선도하는 사람으로 우뚝 서게 되리라고 믿는다. 건필을 빈다.

바나나도 씨가 있다

1판 1쇄 발행 ｜ 2015년 3월 20일

지은이 ｜ 박하영
발행인 ｜ 이선우
펴낸곳 ｜ 도서출판 선우미디어

등록 ｜ 1997. 8. 7 제305-2014-000020
130-100 서울시 동대문구 장한로12길 40, 101동 203호
☎ 2272-3351, 3352 팩스: 2272-5540
sunwoome@hanmail.net
Printed in Korea ⓒ 2015. 박하영

값 12,000원

※ 이 도서의 국립중앙도서관 출판예정도서목록(CIP)은 서지정보유통지원시스템
홈페이지(http://seoji.nl.go.kr)와 국가자료공동목록시스템(http://www.nl.go.kr/kolisnet)에서
이용하실 수 있습니다. (CIP제어번호:2015008731)

ISBN 89-5658-387-7 03810